KB230901

대학생을 위한

글쓰기

글쓰기의 기본 원칙

논증적 글쓰기를 비롯한 모든 글은 자신이 전달하고 싶은 내용을 타인에게

전달할 목적을 가지고 쓴다. 심지어 극히 사적인 것으로 여겨지는 일기라도,

그것은 훗날의 또 다른 나에게 어떤 내용을 전달하기 위해 쓰는 것이다.

대학생을 위한

글쓰기

이상호 · 이현지 지음

한국학술정보(주)

'글쓰기'를 위한 책을 낸다는 것은 글을 십 수년간 써온 필자들에게도 참으로 부담스러운 작업일 수밖에 없다. 물론 대부분의 일들이 그렇지만, 이론과 그것이 적용되는 영역은 항상 다르다. 특히 '글을 쓸 줄 안다'는 것은 '이론'의 영역에서만 끝나는 작업이 아니다. '글을 쓸 줄 안다'는 것은 그러한 방법을 '알고 있다'는 의미가 아니라, 실제로 쓸 수 있는 능력을 갖추었다는 의미이기 때문이다. 하지만 '글쓰기 책'을 내는 필자들이 얼마만큼 이와 같은 능력을 갖추었는지에 대해서는 여전히 의문이다.

그럼에도 불구하고 이 같은 시도를 하게 된 것은 이러한 책의 필요성 때문이다. 필자들이 지금까지 주로 담당해 왔던 과목은 고전을 읽고 그것을 논리적인 말과 글로 표현하는 수업이다. 이 때문에 이 수업 오리엔테이션 시간이면 꼭 몇몇 학생들이 쭈뼛거리면서 찾아와서는 "교수님 저는 글쓰기에 소질이 없는데, 이 수업이 걱정됩니다."라는 말들을 하곤 한다. 그리고 또 어떤 학생들은 자신의 전공이 공학 혹은 체육학인데, 왜 이 수업을 필수로 들어야 하는지 의문을 제기하기도 한다.

이와 같은 학생들의 질문과 항변을 들으면서, 필자는 우리나라 중등교육과정에서 이루어지는 글쓰기 교육의 문제를 실감하지 않을 수 없다. 글을 쓴다면 당연히 시나 수필을 떠올리고, 책을 읽고 난 다음에는 항상 '느낌이 어떠했니?'라고 질문을 받았던 학생들이다. 그렇기 때문에 많은 학생들은 스스로 글쓰기 재능이 없기 때문에 이것을 잘할 수 없다고 비관하며, 또 많은 학생들은 자신의 전공과 상관없는 글쓰기를 왜 해야 하는지 의구심을 가질 수밖에 없었던 것이다.

대학에서 모든 대학 구성원이 왜 글쓰기를 해야 할까? 그리고 그것은 어떠한 글쓰기일까? 이것은 필자가 글쓰기 수업 첫 시간이면 많은 시간을 할애해서 학생들에게 들려주는 이야기이다. '글쓰기'라면 당연히 '시 쓰기'나 '수필 쓰기'와 같은 것을 떠올리는 학생들에게 우리가 다룰 글쓰기는 정상적인 커뮤니케이션을 목적으로 하는 '논증적 글쓰기'라는 사실을 알려주는 것이다. 그리고 이와 같은 논증적 글쓰기는 왜 모든 대학생들이 필수적으로 익혀야 하는 것인지도 알려줄 필요가 있다. 나아가 이러한 글쓰기는 개인의 소질에 의한 것이 아니라, 훈련에 의해서 누구나 잘 쓸 수 있는 것이라는 사실도 알려준다.

이 책은 바로 이와 같은 내용을 좀 더 체계적으로 정리해 볼 요량으로 집필된 것이다. 모든 대학생들이 써야 하는 글은 어떤 글이며, 왜 그러한 글을 잘 써야 하는지, 그리고 그러한 글쓰기를 잘하기 위해 구체적으로 어떤 글을 어떻게 써야 할지를 다루어야 할 필요가 있었던 것이다. 이 때문에 스스로 글쓰기 훈련을 할 수 있는 지침서를 만들어 보기로 했던 것이다. '대학생을 위한 글쓰기'는 이와 같은 필요에 의해서 집필되었다.

이러한 이유에서 이 책은 대학생들이 바로 마주치게 되는 글쓰기들을 중심으로 책을 엮었다. 대학생들이 집필해야 할 글쓰기의 종류와 왜 그러한 글쓰기를 해야 하는지에 대해서는 총론을 통해 소개하였다. 그리고 실질적인 글쓰기 훈련을 위해 크게 학술적 글쓰기와 실용적 글쓰기로 나누어서 집필하였다. 학술적 글쓰기는 논문과 보고서, 그리고 비평문을 중심으로 집필되었으며, 실용적 글쓰기는 자기소개서, 이력서, 그리고 프레젠테이션을 중심으로 집필되었다. 이러한 내용들은 지금 대학생이라면 누구나 지금 쓰고 있거나 혹은 써야 하는 글이다. 따라서 글쓰기로 고민하는 학생들에게 이 책은 중요한 지침서가 될 수 있을 것으로 생각한다.

글쓰기는 '안다'고 해서 잘 쓸 수 있는 것이 아니다. 부단한 노력과 연습이 필요하며, 그 과정에서 이 책이 도움이 될 것으로 생각한다. 이 책을 맡아서 출판해 준 한국학술정보(주)에 감사드린다.

2008년 2월 25일
이상호 · 이현지

|목 차|

제1부 **총 론** ·· 11

　Ⅰ. 글쓰기의 사회적 의미 ························· 13
　Ⅱ. 글쓰기의 기본 원칙 ··························· 27
　Ⅲ. 논증적 글쓰기의 기초 ······················· 35
　　1. 논증의 원칙 ······························ 35
　　2. 논증의 형식 ······························ 39
　　3. 논증적 글쓰기의 과정 ··················· 46
　　4. 간단한 원고지 사용법 ··················· 60

제2부 **학술적 글쓰기** ···························· 75

　Ⅰ. 논문 쓰기의 이론과 실제 ··················· 77
　　1. 논문의 성격 ······························ 77
　　2. 논문의 종류 ······························ 79
　　3. 논문의 구비 요건 ······················· 82
　　4. 논문의 주제와 구성 ····················· 88
　　5. 서론 쓰기 ································· 95
　　6. 본론 쓰기 ································· 100
　　7. 결론 쓰기 ································· 109
　　8. 각주 달기 및 인용 ······················ 112

Ⅱ. 보고서 작성의 이론과 실제 ·········· 119
　　1. 보고서의 성격 ······················· 119
　　2. 보고서의 종류 ······················· 122
　　3. 보고서의 형식과 내용 ·············· 128
　　4. 보고서 작성 순서와 방법 ·········· 144
Ⅲ. 비평적 글쓰기 ·························· 147
　　1. 비평문의 성격 ······················· 147
　　2. 비평문의 종류 ······················· 149
　　3. 비평문의 형식과 내용 ·············· 154
　　4. 기타 ································· 161

제3부　실용적 글쓰기 ·········· 165

Ⅰ. 실용적 글쓰기의 현대적 의미 ·········· 167
Ⅱ. 자기소개서 쓰기 ························ 173
　　1. 자기소개서 쓰기의 원칙 ·········· 173
　　2. 자기소개서 쓰기의 주의할 점 ······ 176
　　　　1) 작성 기준 ······················· 176
　　　　2) 자기소개서 내용 구성 ·········· 179
　　　　3) 작성상의 주의할 점 ············· 183
　　3. 자기소개서 쓰기의 실제 ·········· 185
Ⅲ. 이력서 쓰기 ···························· 192
　　1. 이력서 쓰기의 원칙 ··············· 192
　　2. 이력서 쓰기의 실제 ··············· 195
Ⅳ. 프레젠테이션 자료 작성하기 ·········· 196
　　1. 프레젠테이션의 원칙 ·············· 196
　　2. 프레젠테이션의 내용 구성 ·········· 200
　　3. 프레젠테이션의 기법 ·············· 212
　　4. 프레젠테이션의 주의할 점 ·········· 216

제1부 총 론

I. 글쓰기의 사회적 의미

　요즘 대학가는 글쓰기 열풍이다. 이 같은 글쓰기 열풍의 가장 전면에 서 있는 것은 대학 입학시험의 일환으로 실시되고 있는 '논술시험'이 아닐까 싶다. 대학입시를 위한 '죽음의 트라이앵글'의 한 축을 형성할 정도로 논술은 비중이 높아졌으며, 논술에 대한 많은 비판에도 불구하고 실시하는 대학들이 점점 늘고 있다. 2008학년도를 기준으로 보면 대략 40개 대학에서 논술고사를 실시하고 있다. 물론 새로운 정부의 출범과 함께 지금과 같은 논술시험의 형태가 유지될 수 있을지에 대해서는 비관적이지만, 그럼에도 불구하고 논술이 가지고 있는 본래적 특성만큼은 각 대학에서 포기하고 싶어 하지 않은 것이 현실이다. 대학 자율화가 진행되면 지금과 같은 논술시험의 형태는 유지되지 않겠지만, 논리적이고 창의적인 인재를 선발하는 다양한 방법들은 여전히 각 대학에서 필요로 할 것이라는 의미이다.

그러나 필자가 보기에 대학가의 글쓰기 열풍은 '논술시험'에만 한정된 것이 결코 아니다. 아니 어쩌면 '논술시험'은 대학가 글쓰기 열풍의 초입 단계에 불과할지도 모르겠다. 논술시험이 대학입시라는 관문을 통과하기 위한 것이라면, 본격적인 글쓰기 훈련은 대학 입학 이후에 이루어지기 때문이다. 근래 대부분의 대학들은 입학 이후 기초적인 글쓰기 교육을 강화하는 추세이다. '기초 교양교육원'이나 '의사소통센터'와 같은 별도의 기구를 구성해서, 대학생들을 대상으로 한 논리적 글쓰기 및 말하기 교육을 강화하는 대학들이 생겨나고 있으며, 이러한 현상은 점차 많은 대학들로 확대되고 있다. 심지어 각 대학별로 글쓰기 교육 방법론이 개발되고 있고, 그것을 기반으로 다양한 글쓰기 교육을 심화시켜 나가기도 한다. 그리고 이 같은 교육 방법론이 그 대학의 트레이드마크가 되기도 한다. 논리적 글쓰기 및 논리적 말하기 수업은 대학가에서 이른바 '교양필수'가 사라지는 추세와는 역행하여, 대학생이라면 반드시 수강해야 할 과목으로 자리 잡아 가고 있는 현실이다.

특히 근래 로스쿨 제도가 생기면서, 논리적으로 추론하고 그것을 글로 옮겨내는 능력의 중요성이 더욱 확대되고 있다. 기존의 법관 선발 시험은 주로 법의 내용과 체계를 많이 알고 있는 사람을 뽑기 위한 시험으로 치러졌다면, 로스쿨을 통해 법조인을 양성하려는 계획에서 이루어지는 로스쿨 입학시험은

법 자체의 지식보다 논리적으로 생각하고 그것을 글로 옮겨 낼 수 있는 능력을 테스트하는 방향으로 이루어질 계획이다. 이것은 로스쿨 예비시험인 LEET(Legal Education Eligibility Test)의 과목들이 모두 이와 관련되어 있으며, 그 외 달리 법에 대한 지식적 테스트를 하지 않는다는 사실에서 잘 알 수 있다. 텍스트를 이해하고 그 속에서 드러난 의미를 파악할 수 있는 능력(언어이해), 논리적으로 추론해서 새로운 결과를 도출시켜 낼 수 있는 능력(논리추론), 그리고 이러한 내용들을 종합하여 한 편의 완성된 글로 쓸 수 있는 능력(논술)이 바로 LEET를 통해 테스트하고 싶어 하는 것들이다.

대부분의 대학들이 '글 잘 쓰는 학생'을 선발하고 싶어 하며, 그러한 학생들을 선발한 후에도 다시 그 학생들을 대상으로 글쓰기 교육을 진행하려고 하고 있다. 특히 논술시험 자체는 제도적으로 어떻게 될지 알 수 없겠지만, 대학 입학 이후 글쓰기 교육의 강화는 계속 유지될 것으로 기대된다. 또한 우리 사회 엘리트의 대명사인 법조인을 양성하는 과정에서도 중요한 것은 논리적으로 사고하고, 그것을 글로 옮겨 낼 수 있는 능력이다. 법을 많이 외우고 있는 사람이 법조인이 되는 것이 아니라, 논리적으로 추론하고 그것을 글로 옮길 수 있는 '능력'을 가진 사람이 법조인이 되는 추세인 것이다.

이 같은 현실을 우리는 단순한 '열풍' 정도로만 설명할 수는 없을 것 같다. 대학 및 우리 사회에서 '우수한 인재'에 대한 기본 패러다임이 변화되고 있는 것이다. 특히 그 사회의 엘리트를 양산하는 대학에서 '글쓰기 능력'은 일부 학과나 전공에 한정된 것이 아니라, 모든 대학생들에게 요구되고 있는 요목이다. 그런데 이와 같은 근본적 패러다임의 변화와 대학인에게 글쓰기 능력이 강화되는 현상에는 근본적인 원인이 있다. 이번 장에서는 이러한 원인을 확인해 보기로 한다.

1. 예술적 글쓰기와 논증적 글쓰기

지금 현재 많은 대학들은 대학 구성원들에게 '글 잘 쓸 것'을 요구하고 있다. 대학생들을 위한 글쓰기 교육의 증가는 요근래 대학 교육의 두드러진 변화 가운데 하나이다. 문예창작학과나 한국어문학과 같은 전공에만 한정된 것으로 여겨졌던 글쓰기 능력이 이제는 전 대학 구성원들에게 요구되고 있는 것이다. 하지만 그렇다고 해서 여기에서 말하는 글쓰기가 시나 소설과 같은 글쓰기 능력을 의미하는 것은 아닐 것이다.

상식적으로 생각해도 대학들이 논술시험을 통해 뛰어난 소설가나 시인이 될 수 있는 소양을 테스트할 수는 없다. 모든 대학 구성원이 훌륭한 소설이나 시를 향유하는 것은 중요하지만, 모두가 훌륭한 소설가나 시인이 되어야 할 필요는 없기 때문이다. 따라서 적어도 이 책에서 다룰 글쓰기가 그와 같은 글쓰기는 아니라고 말할 수 있다. 그렇다면 우리는 어떠한 종류의 글쓰기를 요구받고 있는 것일까? 그리고 왜 그러한 능력은 모든 대학 구성원이 갖추어야 하는 것일까?

일반적으로 글의 종류를 여러 가지로 나눈다. 장르에 따라, 글을 쓰는 목적에 따라, 그리고 장르 내에서도 다양한 분류방법에 따라 여러 종류의 글이 있다. 그러나 여기에서는 이와 같은 종류들을 모두 살펴볼 수는 없을 것 같다. 다만 논의의 필요를 위해 단순화의 위험성이 있지만, 크게 두 가지로 나누어 보려고 한다. 이것은 글을 쓰는 목적에 관련된 것으로, 하나는 글을 도구로 하여 예술적 목적을 추구하고자 하는 '예술적 글쓰기'이며, 또 다른 하나는 자신의 생각과 주장을 타인에게 정확하게 전달할 목적으로 기술하는 '논증적 글쓰기'이다. 전자는 시와 소설, 수필 등과 같은 글로 대표될 수 있으며, 후자는 논문이나 비평문, 보고서 등과 같은 글로 대표될 수 있다. 이 둘은 글을 쓰는 목적에서 차이가 발생하며, 이와 같은 차이는 당연히 글을 기술하는 방법의 차이로 이행된다.

예술적 글쓰기는 '글'이라는 도구를 사용하여 예술적 목적을 달성시키기 위해 글을 쓰는 것이다. 그 목적의 측면에서 보면 예술적 글쓰기는 음악이나 미술, 연극 등과 같은 일종의 예술 활동이다. 다만 그 도구가 음악이나 미술과 같은 것이 아니라, 글을 가지고 하는 것이 차이일 뿐이다. 따라서 이와 같은 글쓰기에서 좋은 글과 나쁜 글은 '미학적 판단'에 의해서 이루어지게 된다. 시나 소설, 수필, 희곡 등이 바로 이와 같은 종류의 글이라고 말할 수 있다.

그러나 만약 지금 현재 글쓰기 열풍이 이러한 종류의 글을 쓰는 능력을 키우기 위한 것이라면, 이것은 모든 대학 구성원을 예술가로 양성하려는 것과 다르지 않다. 그러나 모두가 수준 높은 예술 향유가일 필요는 있지만, 모두 예술가가 되어야 할 필요는 없다. 좋은 음을 들을 수 있는 마음 자세와 수준 높은 청취의 태도는 필요하겠지만 모두가 뛰어난 피아니스트일 필요는 없는 것처럼, 대학 구성원 모두가 뛰어난 문학가여야 할 필요는 없다. 그럼에도 불구하고 모든 대학들이 이와 같은 글쓰기를 통해 학생들을 선발하고, 또 그것을 가지고 필수 과정으로 운영한다면, 이것은 모든 학생들에게 뛰어난 화가나 음악가가 되라고 요구하는 것과 다르지 않다. 따라서 이 책에서 말하는 글쓰기는 예술적 글쓰기를 그 대상으로 하지 않는다.

이에 비해 '논증적 글쓰기'는 자신의 생각과 주장을 타인에게 정확하게 전달하는 것을 목적으로 한다. 이러한 이유에서 이것은 '언어 본래의 목적'에 부합되는 글쓰기라고 말할 수 있다. 따라서 이 글은 예술적일 필요도, 또 그래야 할 이유도 없다. 물론 예술적 글쓰기 역시 작가가 전달하려고 하는 내용이 있으며, 그 내용이 문학작품을 향유하는 사람에게 전달될 수 있도록 쓰는 것은 분명하다. 그러나 이러한 글쓰기는 직접적인 전달의 방법보다는 다양한 비유와 은유를 동원하여 전달함으로써, 다양한 해석의 가능성을 열어두고 있다. 그러나 언어 본래 목적에 맞는 글쓰기는 화자가 하고 싶은 말을 직접 전달하는 것을 목적으로 삼으며, 따라서 가능하면 비유나 은유를 통한 해석의 가능성을 열어놓지 않는다. 하나의 문장이 하나의 의미만을 지칭할 수 있도록 글을 기술 하는 것이다.

특히 논증적 글쓰기는 자신의 주장을 타인에게 전달함으로써, 그 주장을 다른 사람들이 받아들일 수 있도록 하려는 목적을 가지고 기술되는 것이다. 이러한 면에서 논증적 글쓰기는 일종의 '설득 커뮤니케이션'이다. 다른 사람을 설득시키기 위한 글은 주장과 그 주장에 대한 근거가 분명하게 제시되어야 하며, 근거와 주장과의 관계가 합리적일 수 있도록 기술되어야 한다. 따라서 이러한 글은 작가가 가지고 있는 정감이나 삶의 다양한 양태를 글로 표현하려는 것이 아니라, 자신의 주장을 다른 사람이 받아들임으로써 합리적인 의사결정이 이루어질 수 있도록 하려는 의도를 갖고 있다. 그러므로 논증적 글쓰기는 논리적인 사고의 결과물들이 글로 표현되는 것이라고 말할 수 있으며, 이러한 이유에서 예술적 글쓰기와는 분명한 차별성을 갖고 있다.

그러므로 논증적 글쓰기는 특정한 소질을 가지고 있는 사람들만이 쓸 수 있는 글이 아니며, 또 그래서도 안 된다. 언어가 모든 사람의 의사소통을 목적으로 만들어지고 진화해 왔다면, 이와 같은 목적에 부합되는 것은 하나의 의미를 하나의 문장으로 정확하게 전달하는 글쓰기라고 말할 수 있다. 이러한 글은 특정 개인의 소질에 따라 잘 쓰고 못 쓸 수 있는 것이 아니다. '훈련'과 '연습'을 통해 '누구나' 잘 쓸 수 있는 글쓰기이며, 또 누구나 기본적으로 잘 써야 하는 글이기 때문이다. 따라서 논증적 글쓰기는 자신의 의사와 주장을 정확하게 전달해야 하는 현대사회에서 모든 사람이 필수적으로 갖추어야 할 조건이라고 말할 수 있겠다. 특히 고등교육을 받은 사람들이라면, 이와 같은 글쓰기는 모든 구성원들이 기본적으로 갖추어야 할 능력이라고 말할 수 있다.

우리가 훈련하고 연습하려는 글쓰기는 '논증적 글쓰기'이다. 이것은 개인의 감성적 전달을 목적으로 이루어지는 창작 행위가 아니라, 자신의 의사를 전달하기 위한 '글쓰기'인 것이다. 이를 위해서는 먼저 타인에게 자신의 의견을 정리된 형태로 전달할 수 있도록 논리적으로 사고하고 비판적으로 생각하는 훈련이 먼저 이루어져야 한다. 그리고 그러한 생각들을 그대로 글로 옮길 수 있도록 훈련해야 한다. 특히 이러한 글쓰기는 모든 대학 구성원이 반드시 갖추어야 할 능력으로, 그것은 대학의 교육 목적과 밀접한 관련성이 있다.

2. 대학과 논증적 글쓰기의 필요성

필자가 근무하는 대학에서도 교수님들 사이에서 "요즘 대학생들은 너무 책을 안 읽는다"거나 혹은 "너무 글을 못 쓴다"라는 우려들이 곳곳에서 터져 나온다. 물론 이와 같은 우려는 모든 시대별로 기성세대들이 젊은 사람들을 보면서 "요즘 젊은 것들은……"이라고 말하는 것과 그 맥락이 다르지 않은 것일 수도 있다. 그러나 대학 강단에서 논증적 글쓰기를 강의하고 있는 필자의 입장에서 이 말은 그렇게 단순한 맥락으로 해석되지 않는다. 물론 이 말은 우리나라에만 한정된 내용은 아닌 것 같다. 미국이나 유럽에서 유학을 하고 돌아온 동료 교수들의 말에 따르면 미국이나 유럽의 대학생들 역시 이와 같은 문제에 봉착해 있다고 한다. '대학생들이 글을 못 쓰는 것'은 전 세계적 현상인 것 같다. 그러나 그렇다고 이렇게 글을 못 쓰는 것이 올바른 현상은 결코 아니다.

'대학생들이 글을 너무 못 쓴다'는 우려는 대학생들이 시나 소설과 같은 글을 창작할 수 있는 능력이 부족하다는 의미는 결코 아니다. 물론 훌륭한 시인이나 소설가가 나오지 않는 현실은 그 나라 문화계의 치명적인 문제일 수 있겠지만, 그것은 문화계의 걱정거리에 한정된 것이다. 그러나 많은 대학 구성원들의 우려는 '대학'에서 '대학 구성원인 대학생'이 제대로 글을 쓰지 못한다는 것이다. 이것은 대학에서 요구되는 글쓰기가 따로 있으며, 그러한 글쓰기 능력을 지금의 대학생들이 갖추지 못하고 있다는 의미로 이해할 수 있다. 그렇다면 이와 같은 대학 구성원들에게 요구되는 글쓰기란 어떠한 것인가?

대학은 대학 자체의 존립 목적이 있으며, 그 목적에 따라서 교육과 연구들이 진행된다. 그런데 이와 같은 교육 목적은 중등교육기관인 중·고등학교와는 다르다. 현대사회는 대략 2500여 년의 지성사 위에 건설되어 있다. 2500여 년에 걸쳐 이루어진 인류의 보편 정신과 과학기술 위에서 현대사회가 운영되고 있는 것이다. 따라서 현대사회에서 정상적인 사회 구성원으로 살기 위해서는 이와 같이 인류가 만들어 놓은 지식과 규칙들을 습득해야 하는 것은 당연하다.

중등교육과정은 이처럼 인류가 이루어 놓은 지식 기반 사회에서 정상적인 사회인으로 살아갈 수 있도록 교육하기 위한 과정이다. 이 때문에 배워야 하는 내용도 분명하고, 그 속에 이른바 '정답'도 존재한다. 현대 중등교육과정이 암기식 교육으로 문제가 되고 있지만, 지식을 익히는 과정에서 이러한 교육 역시 필요한 측면이 있다. 이렇게 되어야 그러한 지식에 기반을 둔 사회의 문화와 과학기술을 이해하고 이용할 수 있게 되기 때문이다.[1] 나아가 그러한 이해를 바탕으로 새로운 지식을 창출할 수 있는 기본적 소양을 갖추게 되고, 이것을 중심으로 그 사회 속에서 인간과 자신을 이해하는 것이다.

그러나 고등교육과정인 대학의 교육목표는 이와 다르다. 비록 현대사회에서 대부분 학생들의 대학 진학 목적이 '취업'에 있다고 할지라도, 본래 목적은 그와 다르다. 현대 중등교육과정이 거대한 입시학원이 되어버렸고, 대학 역시 거대한 '취업학원'으로 전락하고 있는 것도 현실이기는 하다. 그러나 대학의 교육목표와 존립의 근거는 '새로운 지식과 이론을 창출하고 그것을 현대에 적용시킬 수 있는 사람을 양성'하는 데 있다. '지식의 확장'과 '지식의 재생산'이 바로 대학 교육의 본질적 목적이라고 말할 수 있다. 대학은 그 시대 '지식의 유전

---

[1] 물론 모든 사람이 이와 같은 지식에 능통하다는 사실을 말하는 것은 아니다. 다만 중등교육과정은 지식기반 사회에서 공통적으로 받아들여지고 상식처럼 이해되는 지식들이 최소한 '있다'는 사실을 알고, 그것을 어떻게 사용하고 받아들여야 하는지에 대한 기본 지식을 습득해야 하는 것이다. 나아가 그 사회의 구성 원리와 질서에 대해서 받아들이고 이해하는 과정들이라고 말할 수 있겠다.

油田'인 것이다. 따라서 모든 대학 구성원은 '지식을 확장'하고 '지식을 재생산'할 수 있는 능력을 갖추고 있어야 하며, 교육 역시 이러한 능력을 함양할 수 있도록 하는 과정이어야 한다. 대학 교수들에게 있어서 '교육'도 중요하지만, 그만큼 '연구'가 강조되고 있는 것은 바로 이러한 이유에서이다. 대학은 비록 그것이 종잇장처럼 얇은 것이라고 하더라도, 기존의 지식 위에 새로운 지식을 얹어가고 그것을 확장시켜 그 다음 세대에게 물려 줄 수 있는 곳이어야 한다.

따라서 모든 대학의 구성원들은 기본적으로 이와 같은 능력을 가지고 있어야 하며, 또한 그러한 능력을 가질 수 있도록 교육하고 가르쳐야 한다. 그렇다면 새로운 지식은 어떻게 창출되는 것일까? 지식은 일반적으로 '정당화된 참인 믿음'으로 규정된다.[2] 물론 이 같은 규정에 대한 반론들도 존재하지만, 일상적으로 지식의 개념을 정의하는 데에는 큰 문제가 없는 듯하다. 그런데 위의 말을 좀 더 살펴보면, '믿음' 그 자체를 가지고 '지식'이라고 말할 수는 없을 것 같다. 예컨대 '내가 신이 존재한다고 믿는다'라고 해서 '신의 존재'가 지식일 수는 없기 때문이다. 따라서 지식의 성립 요건에서 중요한 것은 모두가 동의하여 믿게 하는 '정당화의 과정'이다. 지식이란 정당

---

2) 정상모, 『논리적 사고의 작은 길잡이』(서울: 담론사, 1996), 18쪽.

화의 과정을 통해 모두에게 참이라고 여겨지는 믿음을 일컫는 것이다.

'정당화의 과정'은 일반적으로 두 가지 방법이 있다. 하나는 관찰과 실험으로 대표되는 경험적 방법이다. 이것은 지식의 범주를 넓히는 가장 근본적이면서도 직접적인 방법이다. 하지만 모든 것을 관찰하고 실험할 수 없기 때문에, 결국 시간과 공간에 제한되는 한계를 가지고 있다. 또한 경험 이면에 있는 것들에 대해서는 지식의 범주로 접근할 수 없는 한계를 동시에 가지고 있다.

이 때문에 통용되는 또 다른 방법은 바로 '기존의 지식으로부터 논리적인 추론 과정을 거쳐서 새로운 지식을 창출'하는 이른바 '추론推論의 방법'이다. 한문을 그대로 해석하면 추론이란 '미루어 논증해 가는 것'이라는 의미이다. 즉 이미 우리가 참이라고 알고 있는 지식으로부터 논리적인 추론을 진행하여, 새로운 지식을 도출해 내는 방법이다. 이 과정에서 중요한 것은 '논리적 법칙'이며, 따라서 추론을 통한 정당화 과정은 바로 이와 같은 논리적 법칙에 의해 이루어지는 것이다.

이러한 입장에서 보면, 새로운 지식을 창출해야 하는 목적을 가진 대학의 구성원이라면 누구나 이와 같은 '논리적 추론 능력'을 갖추어야 한다고 말할 수 있다. 경찰이라면 누구나 범인을 체포하는 능력을 갖추어야 하고, 정형외과 의사라면

드릴을 들고 뼈를 맞추는 능력을 갖추어야 하는 것처럼, 대학 구성원이라면 누구나 논리적 추론 능력을 갖추고 있어야 한다는 말이다. 이와 같은 능력을 갖춘 대학 구성원들이 각자의 학문 영역에서 새로운 사실들을 논증해 냄으로써, 새로운 이론과 지식들이 창출되는 것이다. '논증적 글쓰기'는 바로 이러한 내용들을 글로 표현할 수 있는 능력이다. 따라서 글을 쓰는 능력보다 더 중요한 것은 논리적 추론 능력이다.

대학에서 왜 글쓰기를 강조하며, 어떠한 글쓰기를 강조하는가? 이 물음에 대한 답은 바로 여기에 있다. 새로운 지식을 창출하는 공간으로서의 대학에서 그 구성원들은 논리적 추론 과정을 통해 도달한 내용을 글로 표현할 수 있어야 한다. 대학은 이왕이면 이와 같은 능력을 갖춘 사람이거나 혹은 훈련은 사람을 선발하기 원하며, 또 그러한 사람이 될 수 있도록 교육과 연구를 진행한다. 따라서 대학의 구성원이라면 누구나 논리적인 추론 과정과 타당한 논증 능력을 갖추어야 하고, 동시에 그것을 그대로 글로 기술할 수 있는 능력도 갖추어야 한다.

논증적 글쓰기를 비롯한 모든 글은 자신이 전달하고 싶은 내용을 타인에게 전달할 목적을 가지고 쓴다. 심지어 극히 사적인 것으로 여겨지는 일기라도, 그것은 훗날의 또 다른 나에게 어떤 내용을 전달하기 위해 쓰는 것이다. 이 가운데 특히 논증적 글은 '타인에게 자신의 주장을 정확하게 전달하여, 그 주장을 타인이 받아들이게 하려는 목적'을 가지고 쓴다. 글을 쓰는 목적이 '자신'에게 있는 것이 아니라, '타인'에게 있다는 말이다. 따라서 이 같은 글쓰기 목적에 따라 좋은 논증적 글을 규정한다면, '자신이 주장하고 싶은 것을 글로 표현했을 때, 읽는 사람이 그 주장을 그대로 받아들일 수 있는 글'이다.

따라서 아무리 고담준론의 글이거나 혹은 뛰어난 표현이 많은 글이라고 해도, 그 주장이 읽는 사람에게 전달되지 않는다면 그것은 결코 좋은 글이라고 말할 수 없다. 좋은 글은 그 글을 읽는 사람에 의해 결정되며, 글쓰기의 작업은 결국 '타인'을 전제한 상태에서 이루어져야 한다는 말이다. 내가 글을 쓰는 목적의 끝 지점에는 '타인'이 전제되어 있으며, 그러한 '타인'에게 나의 생각을 고스란히 전달할 목적으로 글을 쓰는 것이다. 따라서 어떻게 하면 이 글을 읽는 사람에게 효과적으로 나의 생각을 전달할 수 있을지를 고민한다면, 이미 좋은 글이 될 수 있는 조건의 반은 이루었다고 말할 수 있다.

실제 우리 주위에 넘쳐나는 수많은 글 가운데 이러한 목적에 정확하게 부합되는 글쓰기가 얼마나 있을까? 너무나 상식적인 것이지만, 대부분 글을 쓰는 사람들은 이러한 목적에 충실하지 못한 경우가 대부분이기 때문이다. 많은 학생들은 '학점 받기 위해서' 글을 쓴다. 또 어떤 교수들은 자신이 연구한 것을 다른 사람들과 공유할 목적에서 쓰기보다는 '많은 논문을 써서 승진하기 위해' 글을 쓴다. 어떤 드라마 극작가는 '시청률을 올리기 위해' 글을 쓰고, 어떤 소설가들은 '돈을 벌기 위해' 글을 쓴다. 이러한 과정에서 글을 기술하는 본래 목적은 상실되고, 따라서 글을 쓰는 기본적 목적에 충실한 글도 나오지 않게 되는 것이다.

논증적인 글은 '타인'에게 자신의 생각과 주장을 전달하기 위한 것이다. 그렇다면 글 쓰는 행위는 '어떻게 하면 자신의 생각과 주장을 잘 전달할 수 있을까?'를 고민하고, 이러한 물음에 대답하는 과정이어야 한다. 글쓰기 작업은 '나'를 위한 것이 아니라, '타인'을 위한 것이기 때문이다. 이러한 입장에서 보면 글쓰기 작업은 타인을 위해 종사하는 일종의 '서비스업'이다. 그리고 바로 이 지점에서 우리는 어떻게 글을 써야 하는지에 대한 몇몇 원칙들이 만들어질 수 있다. '타인'이 전제되어 있는 상태에서 글을 기술한다면, 그것은 다음과 같은 원칙으로 드러날 수밖에 없기 때문이다.

첫째, 자신이 전달하고 싶은 내용(주장)이 정확하게 전달될 수 있도록 글을 기술해야 한다. 글은 타인에게 읽히기 위해서 기술되며, 따라서 글을 쓴다는 작업은 다른 사람으로 하여금 자신의 글을 읽도록 강요하는 것이기도 하다. 동시에 글을 읽는 독자는 자신의 시간과 열정을 들여서 자신의 글을 읽는다. 그렇기 때문에 자신이 전달하고 싶은 내용이 가능하면 빠르고 효과적으로 전달될 수 있도록 글을 구상하고, 기술해야 한다. 특히 논증적인 글은 그 사람의 주장이 무엇인지, 그리고 그 주장을 위해 어떠한 논거를 대고 있는지 등이 글 속에서 분명하게 드러나야 한다. 이것은 글을 읽는 사람에 대한 배려이자, 글을 쓰는 궁극적 목적을 달성하기 위한 것이다. 전달하고 싶은 내용이 있고, 그 내용에 대한 근거가 확연하게 드러나는 글이 될 수 있도록 훈련해야 하는 이유는 여기에 있다.

둘째, 논리적 추론 과정에 합당하도록 글을 기술해야 한다. 논증적 글쓰기의 규칙은 '논리'에 있다. 논증적 글쓰기가 자신의 주장을 타인에게 전달함으로써 타인을 설득시키려는 목적에서 이루어지는 글쓰기라면, 그 설득될지 안 될지에 대한 근거는 주장을 지지하는 논거들에 의해 결정된다. 따라서 논리적으로 합당한 논거들을 설정하여 주장을 보증해 주는 노력을 통해, 글을 읽는 사람으로 하여금 그러한 논리를 받아들일 수 있도록 해야 한다. 그렇지 않고 주장만 있는 글이라면 그것은 어린아이들이 '떼를 쓰는 것'과 다르지 않으며, 주장이 없다면 논증문으로서의 자격을 갖추지 못한다. 따라서 논리적 규칙에 대한 선이해와 그에 기초해서 자신의 주장을 글로 기술하려는 노력이 우선되어야 한다.

셋째, 약속체계의 준수이다. 의사소통이란 타인과 나 사이에 약정된 체계를 가지고 주고받는 행위이다. 어떤 사물을 지칭해서 그것을 '무엇'이라고 하기로 약속되어 있는 것으로부터 특정 의미를 지칭하기 위해 어떻게 문장을 기술해야 하고, 전체적으로 어떻게 단락을 나누어야 하는지 등이 바로 여기에 속한다. 초등교육과정부터 언어를 익힌다는 것은 바로 이 같은 약속체계를 배우는 것이다. 예컨대 한국어를 사용하는 사람이라면 한국어의 체계에 따른 약속체계를 익혀왔기 때문에 그러한 규칙 내에서 글을 기술하지 않는다면 다른 사람은 내가 무엇을 말하려고 하는지 알 수 없다. 따라서 글을 기술할 때 정확한 표현을 위한 문법체계와 기타 형식적인 측면까지 고려해서 글을 써 주는 것은 중요하다. 동시에 내용에 따라

단락을 나누어 주는 것은 글을 읽는 사람이 한 호흡씩 쉬어 가면서 단락별로 내용을 정확하게 파악할 수 있도록 하기 위한 배려이다. 이와 같은 형식적인 부분이 없다면 내용은 결코 전달될 수 없기 때문에, 그러한 약속체계를 반드시 지킬 수 있도록 해야 한다.

넷째, 부끄럽지 않게 글을 쓰려는 노력이다. 대부분의 사람들은 외출할 때 세수를 하고 머리를 단정히 하며, 많은 사람 앞에 설 경우 복장에도 신경을 쓴다. 특히 서비스업에 종사하는 사람들에게 이것은 필수적이다. 집에서처럼 운동복 차림으로 있는 것이 '편하다'는 사실은 누구나 알고 있지만, 불편하더라도 세수를 하고 복장에 신경을 쓴다. 물론 이러한 이유에 대해 여러 가지 설명들이 있을 수 있겠지만, 단적으로 왜 그렇게 하는가라고 묻는다면 '다른 사람에게 부끄럽지 않기 위해서'이다. 대부분의 사람들은 자신이 세수하지 않고 눈곱이 낀 채 다른 사람에게 나간다면 부끄러운 것을 안다. 하지만 많은 학생들은 자신이 쓴 글에 눈곱이 끼어 있고, 옷이 떨어져 있으며, 산발이 되어 있는 것을 알지 못한다. 오자나 탈자, 비문 등을 고치는 작업은 자신이 타인 앞에 나가기 위해 세수를 하고 옷을 갈아입는 행위와 같다. 이를 위해서 초고를 완성한 뒤 꼼꼼하게 퇴고를 하는 작업은 필수라고 말할 수 있다.

다섯째, 문어체로 쓰는 것이다. 이 대목은 조금 세세한 부분일 수도 있겠지만, 타인을 위한 글쓰기에서 이 점은 대단히 중요하다. 구어체와 문어체는 단순하게 '말로 하는 문체'와 '글로 쓰는 문체'로 구분되는 것이 아니다. 구어체는 '1:1 또는 1:특정 소수'가 의사소통을 할 때 사용되는 어투이다. 이 경우 이미 서로에게 굳이 말하지 않아도 전제되어 있는 것이 많으며, 주어나 목적어 등을 생략해도 대화를 주고받는 사람 사이에는 이미 그것이 무엇인지 알고 있다. 굳이 언어로 표현되지 않아도 약속되어 있거나 전제되어 있는 것이 많다는 말이다. 특정인에게 보내는 이메일이나 회원들끼리 회람할 목적으로 기술하는 짧은 게시판 글 등은 비록 그것이 글로 기술되었다고 해도, '구어체'에 속한다고 말할 수 있는 것은 이러한 이유에서이다.

그러나 문어체는 '1:불특정 다수' 사이에서 이루어지는 의사소통이다. 즉 글을 쓰는 사람이 불특정한 다수를 대상으로 자신의 생각과 주장을 전달할 때 사용되는 문투이다. 특히 이와 같은 불특정 다수 속에는 동시대 사람뿐만 아니라 후세대의 사람까지도 포함된다. 이 경우 그 시대의 정확한 언어체계를 지켜주어야 하며, 대명사가 지시하는 대상을 분명히 해서 글을 기술해야 한다. 전제되어 있는 것이 없기 때문에 모두 상황이나 내용들을 제대로 된 언어체계로 기술해 주어야 한다.

나아가 자신이 기술하고자 하는 내용의 주어와 목적어 및 서술어 체계 등을 정확하게 기술해야 의미에 혼선이 없다. 따라서 주어와 서술어 및 목적어 등 문장 구성성분을 정확하게 하는 훈련과 주장에 대한 세밀한 부분까지도 철저하게 '논거를 제시'하는 훈련이 문어체 글쓰기의 필수적 요소라고 말할 수 있다.

논증적 글쓰기를 하는 목적은 '자신의 주장(생각, 의견 등)을 타인에게 정확하게 전달하는 것'이다. 이를 위해서 가장 중요한 것은 글을 읽는 사람을 위한 배려이다. 빠른 시간 내에 효과적으로 전달하려고 하는 내용이 전해질 수 있도록 하고, 이를 위해 정확한 문법체계를 지키고, 나아가 부끄럽지 않게 글을 기술하려는 노력들이다.

특히 '논증적 글쓰기'는 '타인을 설득시킬 목적'으로 이루어지는 일종의 '설득 커뮤니케이션'이다. 이것은 특정 주장을 타인에게 제시하고, 그 주장을 받아들일 수 있도록 '근거(논거)'를 제시하는 것이다. 따라서 자신의 주장이 무엇인지, 그리고 왜 그러한 주장을 하는지가 글을 통해서 분명하게 드러날 수 있어야 한다. 논증문 형식에서 좋은 글이란 타인이 그 글을 읽고 나면 자신의 주장에 대해 동의하고 받아들일 수 있는 글이어야 한다. 이를 위해서 주장과 논거를 분명하게 제시하는 것도 중요하며, 나아가 논거와 주장의 관계가 합리적인 관계

를 통해 드러날 수 있어야 한다. 그리고 제시된 근거에 대해
동의한다면 그 주장에 대해서도 동의할 수 있도록 글을 구성
하고 집필하는 능력이 필요하다고 말할 수 있다.

Ⅲ. 논증적 글쓰기의 기초

1. 논증의 원칙

앞에서 말했듯이 논증적 글쓰기는 '논리적인 글쓰기'이며, 그것은 자신의 주장을 타인에게 설득시킬 목적으로 쓰는 것이다. 그런데 이렇게 말하면 혹자는 '논증'이란 특별한 경우에만 이루어지는 것이며, 일상생활에서는 별 의미가 없다고 말할 수도 있다. 하지만 우리의 일상에서도 자신의 주장을 제기하고 왜 그런지를 설명해야 하는 경우가 많으며, 또 많은 의사결정은 이러한 과정을 통해서 이루어진다.

예컨대 중학교 다니는 학생이 아버지에게 "아빠, 저 휴대폰 하나 사주세요"라고 말한다면, 이것은 '아빠는 나에게 휴대폰을 사주어야 한다'는 주장이라고 말할 수 있다. 그러면 아버지는 여기에 대해 입증을 요구할 것이다. 이러한 입증은 일반적으로 "왜?"라는 말로 드러나게 된다. 그러면 학생은 왜 아버지가 자신에게 휴대폰을 사주어야 하는지 여러 이유를 댈 것이다. 아버지는 그 이유가 타당하면 휴대폰을 사줄 것이고, 타당하지 않다면 왜 아버지는 휴대폰을 사주지 않는지에 대한 이유를 대면서 학생의 주장을 거부할 것이다. 이와 같은 것들은 우리 일상에 항상 일어나는 일 가운데 하나이며, 따라서 모든 일상이 논리적으로 이루어지지 않는다고 하더라도, '논증'은 늘 가까이에 있다.

논증은 다른 사람들로 하여금 자신의 주장에 동의하도록 논거를 통해 그 주장을 보증함으로써, 합리적인 의사결정을 하려는 것이 가장 중요한 목적이다. 이것은 한 사회의 의사결정 구조가 권력이나 폭력, 연공서열 등과 같은 비합리적인 이유에 의해서 결정되는 것이 아니라, 논의에 참여한 사람 모두가 동의할 수 있도록 의사를 '결정'하기 위한 장치라고 말할 수 있다. 이 때문에 합리성은 그 사회의 투명도와 의사결정의 합리성을 엿볼 수 있는 중요한 척도이다. 따라서 이것이 글로 표현되든 말로 표현 되든 그러한 사고의 능력은 갖추고 있어야 하며, 동시에 교육과정에서는 이러한 능력을 키울 수 있는 교육이 이루어질 필요가 있다. 특히 합리적 의사결정 구조에 바탕하고 있는 민주 사회라면 모든 시민들이 이러한 능력을 갖출 필요가 있다. 그렇다면 논증에 대해 좀 더 구체적으로 살펴보면서, 이와 같은 논증의 원칙들을 살펴보기로 하자.

논증이란 "하나의 결론과 그 결론을 지지하도록 의도된 전제들로 구성되어 있는 명제들의 집합"이다. 이 말에 따르면 논증은 두 부분으로 구성된다. 하나는 '결론'이고, 또 다른 하나는 결론을 지지하도록 의도된 '전제'들이다. 결론은 '다른 사람이 받아들여 주기를 원하는 주장'이고, 전제는 '다른 사람이 그 결론을 받아들여야 하는 이유'이다. 따라서 우리가 논증문이라고 규정한다면, 그 속에는 전제와 결론이라는 두 구성성분이 반드시 포함되어 있어야 한다. 만약 이러한 구성성분이 없다면, 그것이 아무리 아름다운 글이라고 해도 '논증문'이 될 수는 없다.

따라서 논증적 글쓰기를 하려면 가장 먼저 내가 타인에게 '주장'해야 할 것이 있어야 한다. 논증적 글쓰기는 '주장'이 있어야 비로소 시작될 수 있기 때문이다. 주장이란 '자신이 하고 싶은 말' 혹은 '다른 사람이 받아들여 주기를 바라는 결론'이다. 예컨대 교통사고가 난 후 '이 사고의 원인은 당신이다'라는 것도 주장이며, 법원에서 검사가 '피고는 1년 동안 징역형을 받아야 한다'라는 것도 주장이다. 또한 '모든 사람은 금연을 해야 한다'는 것도 주장이며, 혹 텔레비전을 사려면, '당신은 ○○전자 제품을 사야 한다'는 것도 주장이다. 일상생활에는 이처럼 많은 종류의 주장이 있다. 그런데 문제는 같은 사안에 대해서 각기 다른 주장들이 나올 때로, 주장들이 부딪치게 되면 거기에서 논쟁이 발생한다. 이처럼 주장이 부딪쳐서 논쟁이 발생했을 때, 그것을 합리적으로 조율하는 과정이 중요해진다. 여기에서 어떤 사람의 주장이 나이가 많기 때문에 받아들여져야 한다거나, 혹은 그 주장을 받아들이지 않으면 폭력을 행사하기 때문에 받아들여져야 한다거나, 또는 그 사람이 직급이 높기 때문에 받아들여져야 한다면, 이것은 '합리적인 의사결정 구조'라고 말할 수 없다.

주장이 부딪치게 되면, 그 다음 살펴보는 것은 그 주장에 대한 논거(전제, 혹은 이유)가 어느 것이 더 타당한지 하는 점이다. 그래서 나이나 직급, 명예 등에 상관없이 논거가 타당하다면 받아들이는 자세가 중요하다. 따라서 주장이 정해지고 나면, 그 다음에는 '그 주장을 위해 어떠한 논거를 설정할 것인가' 하는 점이 문제가 된다. '어떠한 논거'를 가져다 댈 것인가 하는 것은 '주장을 위해 반드시 보증되어야 할 내용이 무엇인가'에 따라 결정된다. 또한 '어떻게 설정할 것인가'는 '주장이 타당성을 얻을 수 있는 합리적 논증 형식은 어떠한 것인가'에 따라서 결정된다. 특히 후자는 전제들의 배열 방식을 의미한다고 말할 수 있다. '무엇을 어떻게 배치할 것인가' 하는 것을 결정하는 것은 논리적인 규칙이며, 따라서 주장에 대한 좋은 논거를 배치하기 위해서는 논리적인 규칙에 익숙해질 필요가 있다.

논증이란 1) 주장을 설정하고, 2) 그것을 보증할 수 있는 전제를 찾은 다음, 3) 그것이 합리성을 얻을 수 있도록 배열하는 과정을 의미한다. 따라서 논증문은 이와 같은 단계를 거친 후 그것을 글로 표현하는 작업이라고 말할 수 있다. 그런데 '어떠한 논거를 가져다 댈 것인가'의 물음과 '어떠한 형식으로 명제들을 배치할 것인가'의 물음은 우리가 논리학을 배우는 이유이다. 따라서 논증을 잘하기 위해서는 우선 논리학에 대한 기본적인 이해와 활용 능력이 있어야 한다.

2. 논증의 형식

논증문을 잘 쓰기 위해서는 글로 집필하기에 앞서, 논리적인 사고 훈련이 먼저 되어 있어야 한다. 이것은 '어떠한 논거를 어떻게 가져다 댈 것인가'에 대한 명확한 이해를 가지고 자신의 주장을 보증할 수 있는 전제들을 가져와야 하기 때문이다. 하지만 그렇다고 해서 논증적인 글을 잘 쓰기 위해 우리가 '논리학 전문가'가 되어야 할 필요는 없다. 인간이 가지고 있는 지적 능력은 실제로 '논리적 능력'이며, 사회화 과정을 통해 이것은 많은 사람들이 스스로 알지 못하는 사이에 상당 부분 훈련되어 있다. 문제는 그것을 좀 더 깊이 인식하지 못하거나, 혹은 일상적인 생활에서 그것을 적용시키지 못하는 경우가 많다는 점이다. 이 때문에 여기에서는 논리학에서 말하는 기본적인 논증 형식을 살펴봄으로써, 우리들이 가지고 있는 논리적 능력을 재확인해 보기로 하자.

논리학에서 논증 형식은 크게 두 가지로 나뉜다. 물론 이러한 두 가지를 다시 세분하면 여러 가지 형식들로 나뉘지만, 크게 두 가지로 나누는 것은 근거와 주장과의 관계에 따른 것이다. 이것은 전제가 결론을 '필연적'으로 보증하는 관계인가 그렇지 않으면 전제가 결론을 '개연적'으로 보증하는 관계인가에 따라서 나눈 것이다. 논증 형식이 올바르고 전제들이 참이라면 결론은 '필연적으로 참일 수밖에 없는 논증' 형식을 흔히 '연역 논증'이라고 말한다. 이것은 전제들이 참이라면 결론이 거짓일 가능성은 단 1%도 존재하지 않는 논증을 의미한다. 이에 비해 논증 형식이 올바르고 전제들이 모두 참이라고 하더라도, 결론이 '필연적으로 참이 될 수는 없고, 참일 수 있는 개연성이 높은 논증' 형식을 흔히 '귀납 논증'이라고 한다. 전제들이 모두 참이라면 결론이 참일 수 있는 가능성은 높지만, 100% 참이라고 규정할 수 없는 논증을 말하는 것이다.

그러면 우선 연역 논증부터 살펴보자. 연역 논증은 전제가 결론을 '필연적'으로 보증하는 논증이기 때문에, 전제들이 제대로 된 형식에 의해서 오류 없이 제시되었다면 결론은 필연적으로 참이 된다. 이것은 전제들이 결론을 예외 없이 도출시

키는 논증 형식이다. 예외가 없는 논증이므로 이것은 명제나
혹은 개념들을 기호화시켜서 순수하게 형식만을 가지고 참과
거짓을 따질 수 있는 논증이기도 하다. 다음의 예로 든 논증
을 살펴보자.

예 1)
전제 1) 비가 오면 땅이 젖는다. / p이면 q이다.
전제 2) 비가 온다. / p이다.
결론) 따라서 땅이 젖을 것이다. / 따라서 q이다.

예 2)
전제 1) 모든 책은 종이로 이루어진 것이다. / 모든 S는 M이다.
전제 2) 모든 종이로 이루어진 것은 불에 탄다. / 모든 M은 P이다.
결론) 따라서 모든 책은 불에 탄다. / 따라서 모든 S는 P이다.

위의 두 가지 논증 형식을 보면, 전제가 참인 경우 결론은
그 자체로 참일 수밖에 없다. 이와 같은 논증 형식은 그 자체
로 '필연성'을 갖기 때문에 옆에서 보는 것처럼 기호로 표기
할 수도 있으며, 그만큼 형식이 중요한 논증이라고 말할 수
있다. 많은 논증들은 자신의 주장이 가진 확실성을 위해 위와
같은 논증 형식을 취하려고 하며, 이를 통해 자신의 주장을
합리화하는 경우가 많다. 예를 들어서 다음 글을 한번 보자.

행복이 最高善이라 함은 누구나 다 아는 이야기가 아닐까. 그러나 그것이 무엇인지에 대해서는 좀 더 명료한 설명이 필요할 것 같다. 먼저 人間의 機能을 밝힘으로써 그러한 해명이 시작될 수 있다. 예를 들자면 피리를 부는 기능, 조각하는 기능, 기타 여러 가지 기능들에 善은 깃들어 있는 것이다. 피리 부는 사람의 善은 피리를 잘 부는 것이듯, 인간 자체에도 만일 고유한 기능이 있다면 바로 그 기능을 잘 발휘하는 것이 인간의 선일 것이다. 그런데 인간의 고유한 기능은 이성적 활동에 있는 만큼 훌륭한 인간, 즉 행복한 인간이란 이성을 잘 활용하여 바람직한 삶을 영위하는 사람이다.

위의 글은 아리스토텔레스의 『니코마쿠스 윤리학』에서 발췌해 온 것이다. 위의 단락은 전형적인 연역 논증 형식을 가지고 글을 집필한 것이다. 각 명제에 대한 부연설명이나 예를 든 것을 빼고 나면, 위의 글은 다음과 같은 명제들로 이루어진 논증 형식을 갖추고 있다.

전제 1) 행복의 최고의 선이다. / S는 P이다.
전제 2) 최고의 선은 인간의 기능이다. / P는 M이다.
전제 3) 인간의 기능은 이성적 활동이다. / M은 R이다.
결론) 따라서 행복은 이성적 활동을 잘하는 것이다. / 따라서 S는 R이다.

이와 같은 형식의 글은 전제들이 대단히 강력한 논증 형식을 가지고 있는 것이다. 만약 이 이야기를 듣는 사람이 세 개의 전제에 모두 동의한다면 결론은 부정할 수 없는 논증 형식이다. 따라서 이 논증은 형식으로 단단한 논리 구조를 가진 것으로, 대표적인 연역 논증의 형식이라고 말할 수 있다. 그러나 전제 가운데 단 하나만 '거짓'으로 판명되거나, 형식이 올바르지 못할 때에는 '부당한 논증'이 되기 때문에 주의할 필요가 있다. 연역 논증은 그 자체로 '타당'하든지 그렇지 않으면 '부당'한 논증밖에 없기 때문이다.

이에 비해 귀납 논증은 전제가 결론을 '개연적'으로 보증하는 논증이다. 이 말은 전제가 모두 참이라고 해도, 결론이 필연적으로 참이 된다고 말할 수는 없는 논증이다. 다만 전제가 모두 참이고 논증의 형식이 올바르다면 결론이 참일 수 있는 '개연성(가능성)'이 높은 논증이라고 말할 수 있다. 즉 형식과 전제의 참이 결론을 참으로 만들 가능성을 높이는 것이지, 필연적으로 참일 수 있는 조건이 되지는 못한다는 말이다. 간단하게 예를 들어 보면 다음과 같다.

예 1)
전제 1) 광주에 있는 까마귀는 검다.
전제 2) 서울에 있는 까마귀도 검다.
전제 3) 부산에 있는 까마귀도 검다.
전제 4) 대구에 있는 까마귀도 검다.
결론) 따라서 한국에 있는 모든 까마귀는 검다.

예 2)
전제 1) 미역국과 우유, 라면을 먹었는데 설사가 났다.
전제 2) 미역국만 먹었더니 설사가 나지 않았다.
전제 3) 우유만 먹었더니 설사가 나지 않았다.
전제 4) 라면만 먹었는데도 설사가 났다.
결론) 따라서 라면은 설사의 원인이다.

예 1)과 같은 논증 형식을 흔히 '매거적 귀납'이라고 하고, 예 2)와 같은 논증 형식을 '밀의 발견법'이라고 한다. 그러나 이와 같은 용어가 중요한 것이 아니라, 전제와 결론과의 관계를 조심해서 살펴볼 필요가 있다. 예 1)의 전제들은 이미 조사된 내용이기 때문에 모두 참인 명제라고 하더라도, 결론이 100% 참이라고 말할 수는 없다. 단 하나의 반박 가능한 사례만 발견되어도 '모든'이라는 말에 문제가 생기기 때문이다.

이것은 예 2)도 마찬가지이다. 라면이 설사의 원인이라고

'추정'하거나 혹은 그럴 '개연성'이 높은 것이지, 반드시 '라면' 때문이라고 할 수는 없다. 실제로는 '몸 상태'나 다른 이상 때문일 수도 있으며, 라면이 모든 사람에게 '설사'를 유발시키는 것도 아니기 때문이다. 즉 여기에는 '필연성'이 없다는 말이다. 다만 위의 논증에 따르면 라면을 2번 먹었는데, 2번다 설사한 것에 불과하다. 따라서 위의 논증이 그 다음에 라면 먹었을 때 반드시 설사를 유발한다는 것을 의미하지는 않는다. 그러나 라면을 먹었을 때 설사를 할 가능성이 높다는 것은 인정할 수 있다.

이와 같은 귀납 논증 역시 '논증적 글쓰기'에서 유용한 논증 형식이다. 다만 이와 같은 논증 형식은 주로 실례가 있거나 혹은 '실험이나 관찰' 등을 통해 얻은 결론이 논거로 채택될 때 많이 사용한다. 이 때문에 귀납 논증 형식은 자연과학과 같은 학문영역에서 많이 사용되는데, 이것은 귀납 논증이 가진 그 자체의 특징과 관련되어 있다고 말할 수 있다. 다만 이 논증은 자신의 주장을 100% 보증하는 것이 아니기 때문에 항상 주장이 틀릴 수 있는 가능성 역시 주장하는 사람 스스로가 열어 놓고 있다는 단점을 피할 수 없다.

우리가 '논증문'을 쓸 때 그 구조는 기본적으로 이 두 가지의 논증 형식 가운데 어느 하나를 선택하거나, 혹은 두 논증 형식을 섞어서 사용하는 경우가 많다. 특정 주장에 대한 근거들이 주장을 필연적으로 보증하는 형식을 취하거나 혹은 개연성이 높은 논증 형식을 취함으로써 자신의 주장을 타인이 받아들이도록 하는 것이 논증적 글쓰기이기 때문이다. 다만 무엇을 주장하는지에 따라서, 그리고 그것을 보증하는 논거들이 어떠한 것이 있는지에 따라서, 어떤 논증 형식을 취할지는 그때그때 결정되겠지만, 이와 같은 논증 형식에 기본적으로 익숙해질 필요는 있다. 따라서 논증문을 잘 쓰기 위해 기본적인 논리학 지식을 갖추는 것 역시 중요하다고 말할 수 있다.

3. 논증적 글쓰기의 과정

앞에서 말했듯이, 논증적 글쓰기는 주장과 그 주장을 뒷받침할 수 있는 논거를 제시함으로써, 타인이 그 주장을 받아들이게 하려는 목적을 가지고 기술되는 일종의 '설득 커뮤니케이션'이다. 따라서 그 글을 기술하는 방식이나 과정, 그리고 문장의 표현 방식 역시 예술적 창작을 목표로 이루어지는 예술적 글쓰기와는 차이가 있을 수밖에 없다. 이번 장에서는 이와 같은 논증적 글쓰기의 과정과 그 내용들을 살펴봄으로써, 논증적 글쓰기가 어떻게 이루어지는지에 대해서 살펴보기로 하자.

1) 텍스트 읽기

'글쓰기' 책에서 첫 번째 등장하는 것이 '읽기'라는 사실에 이 책을 읽는 독자들은 참으로 의외라고 생각하는 사람들이 있을 것이다. 그러나 논증적 글쓰기는 단순한 '쓰기'의 작업만으로는 이루어질 수 없다. '설득 커뮤니케이션'이라는 말에서 짐작할 수 있듯이, 논증적 글쓰기는 '커뮤니케이션'의 과정이다. 특히 논증은 동일한 사안에 대해 두 개 혹은 그 이상의 주장들이 부딪칠 경우, 어느 하나의 주장을 선택하기 위한 과정에서 제기된다. 따라서 나의 주장은 '타인의 주장'에 대한 상대적 의미로 존재하게 된다. 그러므로 내가 올바른 주장을 하기 위해서는 내 주장의 대상이 되는 타자의 주장을 정확하게 이해해야 하며, 나아가 그 주장을 보증하는 논거(전제)들이 어떻게 설정되어 있는지를 파악해야 한다. 따라서 논증적 글쓰기를 위해서는 우선 타인의 주장, 즉 텍스트에 대한 정확한 이해가 선행되어야 한다. 이 때문에 논증적 글쓰기는 타인이 말한 텍스트를 정확하게 읽어내는 것부터 시작할 수밖에 없다. 이것은 타자의 주장에 대한 이해이자, 나의 주장을 보증하기 위한 논거를 확보하는 것이기도 하다.

텍스트 읽기의 기본 역시 '논증적'으로 읽는 것이다. 논증적으로 읽는다는 것은 대상으로 하는 텍스트가 가진 정확한 논증 구조를 파악하는 것이다. 다시 말해, 텍스트가 가지고 있는 주장과 그에 대한 근거(전제)가 어떠한 형식으로 제기되었는지를 추출해 내는 것이다. 이것은 지금까지 우리가 흔하게 '읽기' 훈련을 해왔던 것과는 차이가 있다. 이 글을 읽는 대부분의 독자들은 지금까지 우리의 '읽기' 훈련이 '감상'을 중시해 왔다는 사실을 알고 있다. 대부분의 독서 교사들을 책을 읽고 난 후 학생들에게 '읽고 난 후 느낌이 어떠했는가?'라고 묻고 있으며, 책을 읽고 난 후의 글쓰기는 '독후감상문讀後感想文'이 일반화되어 있다. 그러나 이러한 책 읽기 방식은 '감상적 글 읽기'로서는 의미가 있겠지만, 그 이전에 그 책에서 말하고 있는 정확한 내용과 왜 그러한 내용을 말하는지에 대한 이해가 전제되어야 한다는 사실을 종종 잊어버리곤 한다.

논증적 글쓰기를 위해서는 논증적으로 읽어야 하며, 이것은 다음과 같은 두 가지 물음에 대답하기 위해 글을 읽어야 한다는 의미이다. 그 첫 번째는 '글에서 주장하는 것이 무엇인가?'이며, 두 번째는 '그 주장을 위한 전제가 무엇인가?' 하는 것이다. 이것은 논증문을 파악하기 위해 기본적으로 물어야 하는 물음이며, 텍스트를 읽은 후 여기에 답을 할 수 있도록 해야 한다. 어떤 글을 대할 때 독서 지도 교사가 학생에게 가장 먼저 물어야 하는 물음 역시 이것이다. 텍스트에서 말하려고 하는 '주장'과 그 주장을 보증하기 위한 근거들을 먼저 읽어내는 작업으로, 이것은 논증적 글 읽기의 첫 단계이다.

이처럼 텍스트에서 주장하는 내용과 그에 대한 근거를 파악했다면, 텍스트에 대한 정확한 이해를 했다고 말할 수 있다. 추론적 읽기는 바로 이와 같은 이해 내용을 바탕으로 한다. 추론적 읽기는 글로 드러나지 않은 숨어 있는 전제를 찾아내고, 그것을 통해 화자가 궁극적으로 말하고자 하는 것을 읽어내는 것이다. 이것은 텍스트 뒤에 숨어 있는 글쓴이의 의도를 정확하게 읽어내려는 것으로, 이를 위해 글쓴이가 어떠한 사람이며 어떠한 상황에서 무엇을 목적으로 이와 같은 글을 집필하는지를 읽어내야 한다. 나아가 그 글 속에 들어 있는 함축적 의미들을 파악하는 것 역시 추론적 읽기의 일환이다. 은유나 비유가 동원되는 글인 경우, 그것이 곧바로 지칭하는 것이 무엇인지를 이해해야 한다. 이를 통해 궁극적으로 글쓴이의 관점을 확인하고, 글 속에 들어 있는 최종 주장과 근거들을 확인하는 것이다.

이와 같은 추론적 읽기가 끝나고 나면, 그 다음은 그 글에 대한 '평가적 읽기'를 진행하게 된다. 평가적 읽기는 글의 내용과 표현, 그리고 글쓴이의 관점이나 태도, 글의 가치 등에 대해서 평가하면서 읽는 방법이다. 우리는 흔히 어떤 글을 다 읽고 난 후 "이 글 맘에 안 들어"라고 하거나 "이 작가의 관점은 나와 달라"라고 하는 경우가 많다. 이러한 것은 스스로 어떠한 기준을 정해 놓고, 그 기준에 부합되지 않으면 내리는 자신만의 평가이다. 평가적 읽기는 이처럼 평가를 포함한 읽기이다.

이와 같은 평가에는 문장이나 단락 나누기, 글의 기술방법 등과 같은 외형적인 평가뿐만 아니라, 글 내용에 대한 평가까지 포함한다. 그런데 논증적 글 읽기에서 가장 중요한 평가는 그 글이 가지고 있는 논증성에 대한 평가이다. 논증성에 대한 평가란 그 글이 논리적으로 합당한가에 대한 평가를 의미한다. 이러한 평가는 크게 두 부분으로 나누어서 평가할 수 있다. 그 첫째는 전제와 결론으로 이루어진 논증 형식 그 자체에 대한 평가이다. 즉 특정 주장을 보증하기 위한 전제들이 모두 참이라고 하더라도, 그것이 주장을 보증하지 못하는 전제로 짜인 경우가 있다.

예컨대 '모든 생명은 소중하다'라는 전제와 '태아는 수정하는 순간부터 생명체이다'라는 두 전제가 모두 참이라고 인정한다면, 여기로부터 도출될 수 있는 결론은 '수정된 태아의 생명은 소중하다'는 것이다. 그런데 앞의 두 전제를 가지고 그대로 '따라서 낙태는 허용될 수 없다'라고 주장한다면, 결론과 전제들 사이에는 몇몇 전제가 더 필요하다. 이와 같은 경우 전제는 모두 참이라고 하더라도, 그 전제에 의한 결론이 아닐 경우 전제들은 결론을 보증하지 못한다. 따라서 이와 같은 형식에 대한 평가가 이루어져야 한다.

그리고 또 다른 하나는 전제들에 대한 내용 평가이다. 이것은 형식 그 자체는 전제들이 결론을 보증하는 것으로 짜여 있다고 하더라도, 문제는 전제가 '참'이 아닌 경우가 있을 수 있다. 예컨대 위의 논증에서 '모든 생명은 소중하다'라는 전제는 참이라고 인정하더라도, '태아는 수정하는 순간부터 생명체이다'라는 명제가 거짓임을 증명한다면, '수정된 태아의 생명은 소중하다'는 결론은 거짓일 수밖에 없다. 이 경우 우리의 평가는 왜 태아가 수정하는 순간부터 생명체가 아닌지를 증명해 주면 된다.

논증문에 대한 평가적 읽기는 바로 이와 같은 기준들을 가지고 텍스트가 가지고 있는 논증 형식을 평가하는 것이다. 이를 통해 그 주장이 타당한 주장인지 그렇지 않은 주장인지를 확인할 수 있게 되며, 이 같은 확인의 과정을 통해 우리는 그 주장을 받아들일지 말지 결정할 수 있게 된다.

이와 같은 읽기의 삼 단계를 통해 우리는 텍스트에 대한 정확한 이해를 할 수 있다. 이러한 이해는 '쓰기 위한 준비'의 단계이며, 이러한 읽기를 통해 우리는 어떠한 글을 어떻게 써야 할지를 알 수 있게 된다. 이것이 논문인 경우는 기존 연구에 대한 검토를 통해 자기 연구의 방향을 정하는 것이며, 보고서인 경우는 보고할 내용에 대한 정확한 이해와 무엇을 기준으로 보고서를 작성할지에 대한 기준을 정하는 것이라고 말할 수 있다. 나아가 평론글이라면 자신이 평가할 대상을 정확하게 이해하는 작업이 될 것이다.

따라서 텍스트를 읽는 것은 단순하게 '읽기'를 위한 것이 아니라, 어떠한 글을 어떻게 쓸지 정하는 과정이라고 말할 수 있다. 상대방의 주장을 비판하거나, 혹은 다른 주장을 해야 할 경우, 또는 관점을 달리해서 자신의 주장을 제기해야 하는 경우 등은 모두 이와 같은 '읽기'를 통해서 이루어질 수 있다.

2) 글의 구조 짜기

텍스트 읽기를 통해 우리는 어떠한 글을 어떠한 입장에서 써야 할지가 정해진다. 즉 어떠한 주장을 제시하고, 그 주장을 위한 전제들은 어떠한 것이 되어야 할지가 정해지게 되는 것이다. 이렇게 글의 주제가 정해지게 되면 본격적으로 글을 집필하는 단계로 이행된다. 하지만 그렇다고 해서 첫 문장부터 글을 바로 집필하는 것은 결코 좋은 방법이 아니다. 논증적 글쓰기는 목적이 분명하다. 자기주장을 타인에게 설득시키는 것이 중요한 목적이기 때문이다. 따라서 이러한 목적을 이루기 위한 다양한 방법들과 글의 구조, 그리고 논리적 근거들을 꼼꼼히 따져서 그 틀을 구성한 후에 그것을 중심으로 문장을 집필하는 것이 효과적이다.

이것은 마치 미술 시간에 조소 작품을 만들 때 '뼈대'를 먼저 짜는 것과 같다. 조소 작품을 만드는 과정에서 가장 중요한 단계가 뼈대 만들기라는 사실은 대부분 알고 있다. 아무리 훌륭한 작가가 만든 작품이라고 하더라도 그 속에 뼈대가 없다면, 그 작품은 얼마 가지 않아 무너지게 된다. 그것처럼 글역시 글의 구조를 먼저 짜지 않고 글을 기술하게 되면, 마치뼈대 없는 조소 작품처럼 되어 논리적 체계성이나 주장의 일관성을 잃어버리는 경우가 많다. 특히 논증적 글쓰기는 주장과 전제의 관계에서 전제가 주장을 얼마만큼 잘 보증해 주는가에 따라 좋은 글과 그렇지 않은 글로 나뉘기 때문에, 이와같은 관계가 면밀하게 드러날 수 있는 구조를 먼저 짜는 것이중요하다.

글의 구조를 짜는 원칙은 읽기와 마찬가지로 '논증적'이어야 한다. 논증적 글쓰기는 그 자체로 주장과 그에 대한 근거를 제시함으로써, 타인이 주장을 받아들이게 하기 위한 목적을 가진 것이다. 따라서 자신의 주장이 미리 설정되었다면, 그주장을 보증할 수 있는 전제들이 설정되어야 하는데, 이것이바로 논증문의 글 구조를 짜는 과정이라고 말할 수 있다. 여기에서 지지하는 명제들(논거)은 그 자체로 '참'인 명제여야하고, 동시에 그 명제들이 필연적이거나 혹은 개연성이 높게주장을 보증해 주도록 해야 한다. 따라서 '주장'이 정해졌다면, 가장 먼저 이 '주장'이 참일 수 있는 전제를 설정하는 작업이 선행되어야 한다.

예를 들어, '낙태를 해서는 안 된다'는 주장을 한다고 가정해 보자. 이 경우, 왜 낙태를 해서는 안 되는지에 대한 '타당한 이유'가 바로 논거로 설정된다. 이를 위해서 다음과 같은 논증 형식을 구성했다고 가정해 보자.

전제 1) 모든 생명은 타자로부터 죽임을 당하지 않을 권리를 가지고 있다.
전제 2) 모든 태아도 생명이다.
결론) 따라서 모든 태아는 타자로부터 죽임을 당하지 않을 권리를 가지고 있다.

이러한 형식은 형식적으로는 대단히 강력한 논증이다. 만약 우리가 전제 1)과 전제 2)를 받아들인다면, 결론을 거부할 수 없기 때문이다. 문제는 '정말 모든 생명이 타자로부터 죽임을 당하지 않을 권리를 가지고 있는지?', 그리고 '모든 태아가 생명인지?'에 대해서 상대방이 받아들일 수 있을지 없을지가 남아 있다. 이 경우 이 글을 쓰는 사람은 다시 전제 1)과 전제 2)를 참인 명제라고 주장하면서 그것을 '증명'해야 할 의무를 갖게 된다.

따라서 전제 1)은 다시 '작은 결론'이 되고, 이것을 증명할 수 있는 논거들을 설정하는 작업이 진행된다. 즉 '모든 생명은 타자로부터 죽임을 당하지 않을 권리'를 작은 논거들을 통해 증명함으로써, 전제 1)이 참이라는 사실을 증명해 주는 것이다. 이와 같은 방법은 전제 2)에 대해서도 동일하게 적용된다. 이렇게 되면 전제 1)과 전제 2)는 다시 각각 작은 결론으로서, 그것을 논증해 주는 논거들을 필요로 하게 된다. 글의 구조 짜기는 바로 이와 같은 과정을 통해서 이루어지게 된다. 특히 결론을 주장 형태로 제기하는 과정에서, 그것이 가장 잘 보증받을 수 있는 전제가 무엇일지를 결정하는 작업이 바로 글의 구조를 짜는 것이다. 이 글의 구조를 위해서 필요한 경우 수치나 자료, 혹은 지식 등이 필요하며, 이를 통해 궁극적으로 자신의 주장을 보증할 수 있도록 글을 기술해야 한다. 따라서 글의 구조는 다음과 같은 형식이 된다.

예컨대 위의 구조가 원고지 1500자 정도의 짧은 글을 집필하기 위한 것이라면, '큰 목차' 부분은 하나의 단락이 되며, '작은 목차'는 그 단락의 문장들이 될 것이다. 따라서 짧은 글인 경우 위의 형식으로 글의 구조가 짜였다면 각 근거를 위한 작은 근거들을 중심으로 접속어를 넣어서 글을 완성해 주면 된다. 또한 긴 글이라고 한다면 '큰 목차' 부분의 개수가 많아지고, 근거의 단계들이 많아지게 될 것이다.

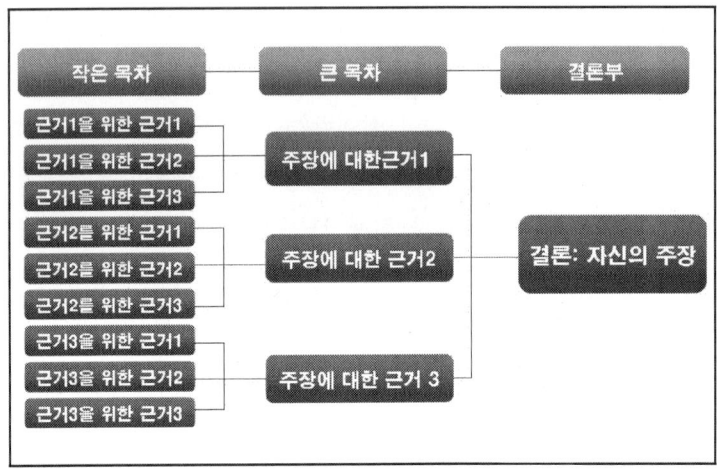

따라서 짧은 글이건 긴 글이건 위의 원칙에 따라서 글을 기술하는 것이 중요하다. 이와 같이 글의 구조가 짜였다면, 실제 글쓰기는 70% 정도 완성되었다고 말할 수 있다. 이제 남은 것은 그러한 구조에 따라서 문장을 이어 가는 과정만 남았기 때문이다.

3) 집필과 퇴고

주장을 설정하고, 그것을 증명할 수 있는 글의 구조가 짜였다면, 이제 우리는 그것을 문장으로 옮겨 내는 작업만 남았다. 글의 구조를 짜는 과정에서 큰 목차부터 작은 목차, 그리고 각 단락에 들어갈 내용들까지 모두 결정되었기 때문이다. 따라서 남은 것은 그러한 내용을 정확한 문장으로 기술하는 것뿐이다. 문장을 기술하는 원칙은 결국 우리가 알고 있는 일반적 원칙에 근거한다. 자신이 전달하려고 하는 내용이 문장을 통해 정확하게 드러날 수 있도록 써야 하는데, 이 점은 모든 글쓰기의 공통적인 원칙이라고 말할 수 있다. 그렇다면 이와 같은 원칙이 논증적 글쓰기에서는 어떻게 드러날 수 있을까?

논증적 글쓰기는 예술적 글쓰기 영역과는 달리, '한 문장은 하나의 의미만 지칭할 수 있도록 쓰는 것'이다. 표현의 '직접성'을 의미하는 것이다. 글을 기술할 때 비유나 은유와 같은 수사학적인 방법들은 고급 글쓰기로 인정된다. 그러나 이와 같은 비유나 은유는 자칫 한 문장의 의미를 다양하게 해석할 수 있는 여지를 남기는 경우가 많다. 이렇게 되면 문장의 의미가 애매하거나 모호해지는 경우가 있으며, 이것은 논증적 글쓰기에서 피해야 할 문장 표현 가운데 하나라고 말할 수 있다. 하고 싶은 말은 '직접' 표현해야 하는 것은 이 때문이다. 특히 문어체 문장을 통해, 그 문장에서 행위의 주체자와 그 주체자에 대한 서술적 표현, 그리고 목적어나 기타 문장 구성성분을 분명히 함으로써, 문장의 의미를 명확하게 하는 것이 중요하다.

그리고 이와 같은 표현의 직접성을 위해 논증적 글쓰기에서는 표현의 '간결성' 역시 강조된다. 논증적 글쓰기에서 문장은 가능하면 '짧게', 그리고 '단문'으로 기술할 것을 권한다. 문장의 애매성과 모호성을 제거하는 가장 좋은 방법 가운데 하나는 문장을 짧게 기술하여, 의미를 분명히 하는 것이다. 나아가 문법적으로 틀린 문장이 되지 않게 하는 방법 역시 문장을 간결하게 표현하는 것이다. 한글은 그 구조상, 주어가 가장 먼저 나오고 서술어가 제일 뒤에 나온다. 이 때문에 문장을 길게 서술할 경우 주어와 서술어가 일치하지 않거나, 혹은 각종 문장 구성성분 간의 충돌을 피할 수 없게 되는 경우가 많다. 따라서 가능하면 문장은 짧은 단문으로 기술하는 것을 원칙으로 삼을 필요가 있다.

나아가 문장과 문장 간의 관계를 분명히 할 필요가 있다. 문장과 문장 사이의 의미 구조가 분명할 수 있도록 글을 집필해야 한다는 말이다. 앞의 문장이 있으면, 그 다음 문장은 그것을 부연설명하거나, 혹은 긍정·부정의 내용이 이어지기도 하며, 새로운 내용으로 옮겨 가기도 한다. 이 과정에서 적절한 접속어를 사용하여 문장과 문장 사이의 의미 구조가 분명해야, 한 단락에 대한 정확한 의미를 이해할 수 있다.

이처럼 문장 간의 관계가 분명하게 이루어지면, 단락과 단락 간의 내용에도 신경을 써야 한다. 문단은 글 읽는 사람의 호흡을 위한 것이지만, 내용이 바뀌거나 분위기를 환기해야 하는 상황 등에서 나누어 주는 것이 일반적이다. 이 때문에 단락별 내용은 이미 글의 구조를 짤 때 거의 이루어져 있어야 하며, 그에 따라서 정확하게 단락을 나누어 주는 것이 필요하다. 단락을 나누는 것은 문장이 어디에서 끝이 나건 한 줄 내려써서, 첫 칸을 띄우고 시작함으로써 표시한다. 그런데 필자가 학생들의 글쓰기를 지도하다 보면, 이와 같은 단락 나누기의 개념이 전혀 없는 학생들이 의외로 많다. 어떤 학생은 한 문장이 하나의 문단인 경우, 즉 한 문장을 쓰고는 바로 한 줄 내려쓰고, 또 어떤 학생은 전체 글이 하나의 문단인 경우, 즉 문단 나누기를 전혀 하지 않고 쓰는 것이다. 이러한 경우는 문단에 대한 정확한 이해가 없는 것이라고 말할 수 있다.

이렇게 초고가 완성되었다고 해서, 글쓰기의 과정이 끝난 것은 아니다. 가장 지겹지만, 또 어떤 측면에서는 가장 중요한 단계가 남아 있기 때문이다. 바로 퇴고推敲의 과정이다. 우리가 처음으로 완성된 글을 '초고'라고 하는 것은, 그 글이 아직 퇴고의 단계를 거치지 않았음을 의미하는 것이다. 완성된 글이 되기 위해 퇴고는 많으면 많을수록 좋다. 따라서 실제 글은 제출 전까지 계속 집필되는 단계에 있다고 보는 것이 옳다.

글의 구조가 짜인 상태에서 글이 집필되었다면, 퇴고는 전체적인 구조보다는 표현이나 문장, 그리고 오자와 탈자 등을 바로잡는 과정이라고 말할 수 있다. 여기에서 퇴고의 원칙은 독자의 입장이 되어서 읽어 보는 것이다. 물론 전체 구조를 다시 한번 확인할 수 있는 마지막 기회이므로, 글을 읽어 내려가면서 주장과 논거의 정확성이 있는지를 살필 필요가 있다. 그리고 나면 독자의 입장이 되어서 문장의 표현은 적절한지, 문장과 문장 간의 의미 전달은 명확한지 등을 중심으로 살피게 된다. 특히 문장의 구성성분을 바로잡고, 오자와 탈자를 바로잡는 것은 다른 사람 앞에 내어 놓는 글에 대한 저자의 최소한 예의라고 말할 수 있겠다.

퇴고는 타인에게 자신의 글을 내어 놓기 직전의 작업이다. 적어도 문장이나 내용에 있어서 독자들이 읽었을 때 부끄럽지 않을 수 있는 글을 쓴다는 것은 글 쓰는 사람으로서 중요한 일이다. 따라서 초고의 과정이 짧다고 해도, 퇴고의 시간을 충분히 확보해 두는 것은 글 쓰는 사람으로서 현명한 시간 안배라고 말할 수 있다.

4. 간단한 원고지 사용법

원래 원고지는 출판을 위한 조판 명령서 기능을 했던 것이다. 지금처럼 컴퓨터 조판이 일반화되기 전에는 조판 기술자가 원고지 한 칸의 내용을 보고 그에 따라서 판의 한 칸 한 칸을 메워 갔던 것이다. 책 출판은 바로 이와 같이 이루어진

판을 가지고 이루어졌기 때문에, 책 출판을 위해 원고지 작성은 필수적이었다고 말할 수 있다. 그러나 지금 컴퓨터 조판이 일반화되어 있는 현실에서 원고지의 사용은 큰 의미를 갖지 못한다.

그러나 필자가 보기에 글쓰기 교육과정에서 원고지 사용법은 여전히 중요한 의미를 가진다. 왜냐하면 글쓰기 교육과정에서 띄어쓰기나 맞춤법, 그리고 단락 구성 및 문장 기호의 사용법 등이 정확하게 표현되었는지 그렇지 않은지를 확인할 수 있는 가장 좋은 척도가 바로 원고지이기 때문이다. 따라서 원고지 사용은 학생이 띄어쓰기나 맞춤법을 정확히 알고 있는지 그렇지 않은지를 정확하게 파악할 수 있게 해 준다. 이 때문에 글쓰기 교육 현장에서는 여전히 원고지 사용은 중요하다고 말할 수 있다. 특히 자필로 원고를 작성해야 하는 논술시험과 같은 경우에 원고지 사용을 중시하는 것은 바로 이와 같은 이유에서이다. 따라서 기본적인 원고지 사용법 정도는 반드시 알고 있을 필요가 있다.

이러한 이유에서 이번 장에서는 원고지 사용법을 간단하게 살펴보기로 한다. 그러나 원고지 사용법에 대한 자세한 것은 이것을 전문적으로 다룬 책을 찾아보기로 하고, 여기에서는 주로 많이 틀리거나 혹은 정확하지 않은 부분을 중심으로 몇 가지만 살펴보기로 한다.

1) 원고지 사용의 원칙

원고지 사용은 '한 칸에 한 글자'를 원칙으로 한다. 여기에서 띄어쓰기 역시 한 글자로 취급하여 한 칸을 부여하게 된다. 또한 모든 문장부호 역시 한 칸에 하나의 문장부호를 원칙으로 한다. 다만 영문이나 아라비아숫자, 기타 특수문자들은 그에 따른 원칙들이 따로 정해진다.

2) 제목 쓰기

제목은 그 글의 문두에 나온다. 일반적으로 제목을 쓰고, 그 다음에 그 글을 제출하는 사람이 누구인지 알 수 있도록 인적사항을 표시해 준다. 여기에서 인적사항은 필요한 내용을 가능한 한 분명하게 기술해 준다. 요 근래에는 글에 제목을 요구하지 않는 경우도 있으므로, 두 경우 모두를 살펴보기로 하자.

① 제목이 없는 경우

제목을 쓸 필요가 없으므로, 원고지 맨 윗줄부터 글을 기술하면 된다. 이때 반드시 첫 칸을 비우고 쓴다.

② 제목이 있는 경우

원고지 맨 위 한 줄을 비우고, 둘째 줄 중간쯤에 제목을 쓴다. 그런 다음 다시 한 줄을 비우고 인적사항을 표기한 후, 본문을 시작하면 된다.

<	논	설	문	>													
					과	학	과		지	식	인						
					34	47	34	7		홍		길		동			
현	대		사	회	로		오	면	서		과	학	의		내	용	이

< 수 필 >

　　　　　　대 학 생 과　밥

　　　　　　　　　　　　　　　계 명 대 학 교

　　　　　　　　　자 율 전 공 부　43 12 00 4

　　　　　　　　　　　　　　　홍　　길　　동

늦 은　아 침 이　그 렇 게　후 회 스 러 울　수

없 었 다 .　내 친 김 에　그 냥　앉 아 있 어　보 기 로

했 다 .

③ 제목이 길 경우

제목이 길어서 한 행에 모두 쓸 수 없을 경우에는 두 줄에 걸쳐서 쓴다. 이때 첫 행은 왼쪽으로 치우치게 하고, 적당하게 잘라서 둘째 행은 오른쪽에 치우치도록 쓰는 것이 일반적이다.

	조	선	후	기			성	호	학	파	의								
									학	문	과		학	통		연		구	
									한	국	대	학		홍		길		동	
	이		연	구	는		조	선	후	기		성	호	학	파	의		학	문
	과		학	통	을		살	펴	봄	으	로	써	,	조	선	후	기		실	학

3) 칸 비우기 및 줄 바꾸기

원고지를 사용할 때 첫 칸은 다음에서 말하는 특별한 경우를 제외하고는 절대로 비우지 않는다. 원고지 첫 칸부터 조판의 판형 내에 들어가기 때문이다.

① 글을 맨 처음 시작할 때에는 반드시 첫 칸을 비운다.

	어	려	서		나	는		새	를		무	척		좋	아	했	다	.	여
름	이	면		보	리	밭	을		다	니	면	서		밭	고	랑		둥	우

② 문단이 시작될 때에는 반드시 첫 칸을 띄운다. 참고로 문단을 나눈다는 표시는 문단의 마지막 문장이 어디에서 끝이 나든지 한 줄 내려서 쓰고, 새로 시작하는 문단의 첫 칸을 띄우는 것이다. 따라서 문단이 시작될 때에는 반드시 첫 칸을 띄어서 새로운 문단임을 알려 주어야 한다.

흔	히		보	는		참	새	와	는		달	리	,	각	기		고	귀	하
고		우	아	해		보	였	기		때	문	이	다	.					
	나	는		개	도		무	척		좋	아	했	다	.	학	교	에	서	
돌	아	와		개	와		더	불	어		뒷	산	에		오	르	기	도	

③ 첫째, 둘째, 셋째 등으로 전개할 때에도 첫 칸을 비운다. 이것은 비록 짧지만, 그 자체도 내용상 하나의 문단으로 받아 들일 수 있기 때문이다.

	요	약	하	기	의		평	가		기	준	은		다	음	과		같	다 .
	첫	째	,	주	제	를		파	악	하	는		능	력					
	둘	째	,	논	리	의		흐	름	을		파	악	하	는		능	력	
	셋	째	,	체	계	의		균	형	성									

④ 긴 인용문일 때에는 행을 따로 잡아서 쓴다. 이러한 경우는 대단히 특수한 상황으로, 하나의 문단 자체를 인용해 와야 할 때, 그것이 인용문임을 표시해 주는 방법이다. 인용문의 문단도 문단을 시작하는 경우이기 때문에 첫 칸은 인용문 표시로 띄우고, 그 다음 칸은 문단 시작이라는 의미에서 한 칸을 더 띄운다.

이		사	실	을		곧		확	인	할		수		있	다	.		
		대	낮	인	데	도		읍	내		거	리	는		조	는		듯
	한	산	했	다	.	그	러	나		언	덕	쪽		학	교	인		듯 싶
	은		곳	에	서		확	성	기		소	리	가		들	려		왔 다.
		이		글	은		한	국		전	쟁		당	시		공	산 주 의 자
들	의		횡	포	가		얼	마	나		심	각	했	는				

⑤ 대화체일 때에도 첫 칸을 비우고 쓴다. 이것은 따옴표("
") 속의 내용이 일종의 인용이기 때문에, 긴 인용문을 쓰는
것과 같은 원칙에 따라서 기술한다.

도	로		내		방	으	로		돌	아	왔	다	가	,		그	때		마	침
청	운	이		중	국	어	를		가	르	쳐		주	러			왔	길	래	,
	"	저		금	불	각	이	란		게		뭐	지	?	"					
하	고		아	무	것	도		아	닌		것	처	럼		물	었	다	.		
	"	왜	요	?	"															
	"	구	경		갔	더	니		문	을		안		열	어		주	길	래	
무	엇	인	가		싶	어	서	…	…	"										
	청	운	이		은	근	히		권	하	는		빛	이	기	도		해	서	,
나	는		그	렇	다	면		하	고		그	를		따	라	나	섰	다	.	

4) 로마 글자 및 아라비아숫자, 알파벳 쓰기

로마자나 알파벳, 아라비아숫자 등은 한글을 쓰는 원칙과는 다르다. 우리의 원고지는 한글에 기반을 둔 것이므로, 이들 글자는 다음과 같은 원칙을 정해서 달리 사용한다.

① 로마 숫자, 알파벳 대문자, 낱자로 된 아라비아숫자와 알파벳 소문자는 한 칸에 한 자씩 쓴다. 특히 알파벳 소문자나 아라비아숫자와 같은 경우는 한 칸에 두 자를 쓰는 것이 원칙이지만, 낱자인 경우는 한글과 겹쳐서 쓰지 않는다.

Ⅲ	에		제	시	된		바	에		의	하	면					
A	와		B	에		나	타	난	,		a	에		b	를		더	해
2	년		후	에	는												

② 두 자 이상의 아라비아숫자와 알파벳 소문자는 한 칸에 두 자씩 쓴다.

bo	y	,		D	ae	gu	,		K	ei	my	un	g						
19	99	년		11	월		27	일	,	오	후	2	시	에		봅	시	다	.
20	0	자		원	고	지													

③ 숫자와 알파벳을 함께 쓸 경우에는 한 칸씩 따로 적는 것을 원칙으로 한다.

3	D		업	종	을		사	람	들	은		기	피	한	다	.		

5) 문장부호 쓰기

앞에서 말했던 것처럼 문장부호 역시 한 글자로 취급한다. 따라서 한 칸에 하나씩 표기하는 것을 원칙으로 한다. 그러나 여기에는 몇몇 예외 사항들이 있으므로 그것을 조심해서 살펴보자. 주로 많이 쓰이는 문장부호로는 온점(.), 반점(,), 물음표(?), 작은따옴표(‘ ’), 큰따옴표(“ ”), 가운뎃점(·), 소괄호(( )) 정도이다.

① 온점과 반점을 찍은 다음에는 바로 이어서 글자를 쓴다. 이것은 온점과 반점의 문장부호가 작기 때문에 한 칸을 더 띄우게 되면 시각상 보기가 좋지 않다. 따라서 온점만으로도 충분히 띄어쓰기 효과가 있다는 전제하에서 바로 이어 글자를 쓴다.

두	려	워	하	는		데	에	서		온		결	과	이	다	.	다	만
우	리	가			경	계	해	야		할		것	은	,	자	칫		잘	못	하
다	가	는		엄	청	난		결	과	를								

② 문장부호가 잇달아 나올 때에는 각각 다른 칸에 쓰는 것이 원칙이다. 그러나 작은따옴표와 큰따옴표를 사용하여 다른 사람의 말을 인용할 경우, 인용문이 종결되는 부분에 찍는 온점과 따옴표가 겹치게 될 때에는 이 둘을 한 칸에 쓴다.

	우	리	는		대	체	로		머	리	끝	에	서		발	끝	까	지	를
서	양	식	으	로		꾸	미	고		있	다	.	"	목	은		잘	라	도
머	리	털	은		못		자	른	다	."	고		하	던		구	한	말	의

③ 물음표와 느낌표를 쓴 다음에는 한 칸을 띄우고 쓴다.

이	렇	게		독	서	를		강	조	하	는		것	은		무	엇		때
문	인	가	?		아	!		누	구	인	가	?		이	렇	게	도		슬
프	고	도																	

④ 가운뎃점 뒤에 이어지는 말은 띄어 쓰지 않으며, 소괄호는 앞말을 보충하는 경우에는 앞말에 붙여 쓰지만, 그렇지 않는 경우에는 띄어 쓴다.

올	바	른		경	제	관	을		확	립	하	려	는		문	화	적	·	교
육	적		차	원	의		노	력	이		선	행	(	先	行	)	되	어	야
한	다	.		제	시	문		(	가	)	는		이	러	한		관	점	을
잘		나	타	낸		단	락	이	다	.	학	생	도		주	어	진		일
에		최	선	(	주	로		공	부	겠	지	만	)	을		다		해	야
한	다	.																	

⑤ 온점과 반점 그리고 물음표와 느낌표는 첫 칸에 쓰지 않는다. 따라서 글자가 오른쪽 끝의 칸을 차지하여 문장부호를 찍을 칸이 없을 때에는 마지막 칸에 글자와 부호를 함께 기입한다.

논	술	고	사	가		대	부	분		대	學	에	서		출	제	되	었	다.
										그	렇	게		하	면		될	까	요?
						어	느		누	구	나		있	다	고		했	던	가!
						향	로	봉	에		오	를		때		팔	은	물	론,

⑥ 따옴표나 소괄호와 같이 두 부호가 마주 한 짝을 이룰 때에는 줄 끝에서 시작하는 것을 피하여, 끝의 칸을 비우고 다음 줄 첫 칸에 부호를 쓴다.

이		현	대		사	회	의		인	간		소	외		현	상	은		
'	군	중		속	의		고	독	'	이	라	는		말	에	서			
															단	락			
(	가	)	에	서		보	면		우	리	는		다	음	과		같	은	

제2부 학술적 글쓰기

1. 논문의 성격

논문은 '어떤 문제에 대한 학술적인 연구의 성과를 그 분야의 전문가들과 공유할 목적으로 적은 글'이다. 이것은 특정한 학술분야의 연구 주제에 대해 학술적인 연구와 조사를 거쳐서 그 결과를 글로 기술한 것이다. 논문은 '새로운 지식의 창출과 확장'이라는 학문 목적에 충실하기 위한 글이다. 따라서 논문은 어떤 분야에 대해 조사하고 연구한 것을 바탕으로 새로운 '지식'을 주장의 형태로 제시하고 그것을 논증하기 위해 쓴다. 이 때문에 논문은 철저하게 '학술적 목적'에 부합되는 글쓰기이며, '논증적 글쓰기'의 가장 핵심이라고 말할 수 있다. 따라서 논문은 다음과 같은 성격을 가지게 된다.

첫째, '학술적 성격'을 가진다. '학술적'이라는 말은 연구과정에서부터 글이 기술되는 데까지 '과학적' 혹은 '합리적 방법'이 동원되어야 함을 의미한다. 이와 같은 학술적 성격은 논문이 가진 본래적 성격으로, 논문의 글쓰기가 무엇을 목적으로 하는지를 분명히 알 수 있게 하는 것이다. 흔히 학술적이라는 말은 연구과정에서부터 논증적인 글을 기술하는 데 있어서 '과학적 방법'이 동원되었음을 의미하는 것이다. 이 때문에 글을 기술하는 방법이나 내용에 있어서 시나 소설, 수필 등의 글쓰기와는 확연하게 구분되며, 글을 쓰는 목적 역시 다를 수밖에 없다.

둘째, 논문은 '논리적인 글쓰기'이다. '논문論文'이라는 말에서 알 수 있듯이, 논문은 말 그대로 '논하는 글'이다. '논'한다는 것은 '논하는 이치', 즉 논리論理에 맞는 글이어야 한다는 말이다. 앞에서 말한 것처럼 '체계적이고 과학적인 방법'이라는 말은 결국 '논리'에 따라서 글이 기술되어야 함을 의미하는 것이다. 따라서 논문에는 분명한 '주장'이 있어야 하고, 그에 따른 '논거'가 제대로 제시되어야 한다. 주장과 논거가 명백한 글인 동시에, 논리적 연계성에 따라서 기술되는 글이다.

셋째, 전문가들 사이에서 공유되는 글이다. 학술적이면서 논리적인 글쓰기이기 때문에, 이것은 자연스럽게 전문가들 사이에서 공유되는 글일 수밖에 없다. 논문은 어떤 분야에서 전문가에 진입하기 위한 필수적 과제로, 논리적 형식과 학술적 내용에 대한 깊이 있는 이해 속에서 기술된다.

2. 논문의 종류

논문은 그 특성과 연구 분야에 따라 여러 종류가 있다. 가장 일반적인 것은 연구자들이 자신의 연구 성과를 글로 기술해서 발표하는 학술논문이 있으며, 그 외에도 학위를 받기 위해 제출하는 학위논문, 평론, 보고서 등도 논문의 종류에 속한다고 할 수 있다. 그러나 주로 우리가 논문이라고 할 때 일반적으로 학술논문과 학위논문 정도로 나누어 보는 경우가 많다. 또한 다음 장에서 다룰 보고서 역시 논문의 범주에서 다루기도 한다. 이러한 것들을 종류별로 간략하게 살펴보면 다음과 같다.

1) 학술논문

학술논문은 '각 분야의 학자들이 그 분야의 학문적 발전을 위해 자신이 연구한 결과를 다른 학자들과 공유할 목적으로 일정한 체제를 갖추어 발표한 글'이다. 이 글의 궁극적 목적은 연구자가 발견한 새로운 사실을 동료 학자들에게 알리고 평가 받음으로써 그 분야의 지식 확장에 기여하려는 데 있다. 현재의 많은 학자들이 일반적으로 저술하는 논문의 대부분은 이와 같은 학술논문의 일종이다.

2) 학위논문

학위논문은 학위를 받으려고 하는 학과의 학문적 관심사를 다루는 것으로, 학제에 따라 석사학위논문과 박사학위논문이 있다. 이 논문은 특히 학자로서 갖추어야 할 자질과 능력을 유감없이 표현하는 데 실질적인 목적이 있는 것이지만, 그 내용에 있어서는 학술논문과 크게 차이가 없다. 결국 논문 제출자가 전문적인 연구자로서 갖추어야 할 역량을 평가받기 위한 것이므로, 그 내용에 있어서는 학술적인 논문이 가지는 조건과 내용을 갖출 수밖에 없기 때문이다.

3) 평론[3]

평론은 비평적 해석을 목적으로 하는 논문이다. 그 다루는 대상에 따라 미술이나 음악, 문학 등과 같은 예술평론이 있으며, 사회비평과 정치비평, 그리고 경제평론과 같은 시대비평도 있다. 평론이란 주로 주어진 텍스트에 대해서 적절한 평가를 내리는 것을 목적으로 한다. 이 때문에 기준을 정확하게 제시하고, 그 기준에 따라 주어진 텍스트에 대해 평가를 내리는 글이 바로 평론(비평문)이다. 따라서 이와 같은 글은 기준의

---

3) 여기에 대해 자세한 것은 이 책 '비평문 작성법'을 참고할 것.

정확성을 논증하는 작업과 그 기준에 따라서 분석 대상으로 삼는 텍스트를 정확하게 분석하는 작업이 함께 이루어져야 하는 글쓰기이다. 이것은 어떤 텍스트에 대해 개인마다 달라질 수 있는 주관적 평가를 객관화하여 평가의 공정성을 확보하려는 것이다. 따라서 이러한 글쓰기는 기준의 객관성 확보가 무엇보다 중요하다.

4) 보고서[4)]

　보고서는 일반적으로 사실 발견이나 관찰·실험 등을 보고하기 위한 글이다. 어떤 특정한 사실을 연구하여 그 사실을 보고하는 것이 일반적인데, 조사, 답사, 실험, 관측 등에 대한 보고가 중심을 이룬다. 특히 여기에서 중요한 것은 각 결과들을 스스로 분석하여 보고받는 입장에서 명확하게 알아볼 수 있게 하는 것이다. 철저하게 주관성은 배제되어야 하며, 정확한 자료와 증거를 위주로 보고해야 한다.

---

4) 여기에 대해 자세한 것은 이 책 '보고서 작성법'을 참고할 것.

3. 논문의 구비 요건

논문은 '지식의 확장'을 목적으로 하는 글쓰기이다. 이 때문에 어떤 종류의 논문이라고 하더라도, '논문'으로서 반드시 갖추어야 할 구비 조건이 있다. 우리는 이러한 구비 조건이 갖추어졌는지 그렇지 않은지를 가지고 그것이 논문인지 아닌지, 혹은 좋은 논문인지 나쁜 논문인지를 평가할 수 있게 된다. 따라서 논문을 기술하는 사람이라면 논문의 구비 요건에 충실할 필요가 있다. 이것은 크게 세 가지 영역으로 나누어서 살펴볼 수 있는데, 그것은 다음과 같다.

1) 독창성(originality)

논문의 독창성은 한마디로 지금까지 다른 사람에 의해 한 번도 다루어지지 않는 주제나 방법, 내용 등을 제시함으로써, 지식의 확장이라는 '논문'의 기본 목적을 달성하기 위한 것으로, '논문을 쓰는 목적'과 관계되어 있다. 이미 밝혀져 있고, 새로운 내용이 없다면 그것은 굳이 논문으로 써야 할 이유가 없기 때문이다. 따라서 논문은 기존의 지식과 비교했을 때 매우 작은 부분이라고 하더라도, 차별적이면서 독창적인 부분이 있어야 한다. 이러한 이유에서 논문의 가치는 그 논문이 가지는 독창성에 의해서 결정된다고 말할 수 있다. 다만 독창성이라는 것이 전혀 엉뚱한 독창성을 의미하는 것이 아니라, 새로운 시각의 제시나 새로운 해석, 새로운 실험방법을 통한 범위의 확장, 새로운 관점에서 문제에 접근해 보는 방법도 포함된다.

2) 객관성(objection)

논문이 기술되어야 할 이유가 '독창성'을 통해서 확보된다면, 논문의 질은 그 논문이 가지고 있는 '객관성'을 통해서 드러난다. 사실 우리는 독창성(창의성)이라는 말을 엉뚱한 말과 구분하지 못하는 경우가 종종 있다. 독창성과 엉뚱한 말은 아무도 그러한 말을 하지 않았다는 점에서 동일할 수 있다. 하지만 독창성은 그러한 새로운 말이 '객관적인 논거들을 통해 증명'될 수 있는 것을 의미하며, 엉뚱한 말은 전혀 증명할 수 없는 말을 의미한다. 따라서 논문의 독창성을 부각시키는 중요한 요소는 그것을 증명할 수 있는 '객관성'에 있다.

따라서 논문은 객관성을 갖추어야 한다. 논문을 통해 제시된 자료와 논증을 통해 이루어진 결론 도출 과정은 누가 보아도 인정할 수 있는 객관성을 담보해야 하며, 다른 사람이 동일한 실험 과정과 논증 과정을 진행시킨다면, 동일한 결론을 도출시킬 수 있어야 한다. 따라서 특정 논거가 여러 가지 의미로 해석됨에도 불구하고, 자신이 유리한 해석으로 끌고 간다면 왜 그렇게 해석하는지에 대해 증거를 제시해야 한다. 결국 논문은 논거의 객관성에 의해서 그 논문의 인정 여부가 결정된다. 이러한 객관성을 확보하기 위해 논문은 다음과 같은 구성성분을 반드시 갖추고 있어야 한다.

① 치밀성(precision)

연구의 결론은 수집된 자료와 논거들을 통해서 도출되므로, 자료와 논거가 매우 치밀해야 한다. 결론을 도출하기 위한 증거가 부족하면 그 결론은 인정받을 수 없기 때문에 반드시 증거물들과 논거가 치밀하게 연계되어 논리적으로 증명되어야 한다. 특히 전제들이 모두 참이라고 인정될 경우, 그 결론이 필연적이거나 혹은 개연성이 높게 도출될 수 있도록 치밀하게 전제들을 짜는 작업이 필요하다. 따라서 여기에서 말하는 치밀성은 제공된 자료와 논거를 바탕으로 이루어지는 논리적 치밀성이라고 말할 수 있다.

② 정확성(accuracy)

결론 도출을 위한 추리과정에는 논리적 하자가 없다고 하더라도, 추리의 기초자료가 정확하지 못하면 그 결론은 정확할 수 없다. 따라서 논문에 제시되는 통계자료나 사실증명자료, 기타 문헌자료 등은 정확한 자료에 기반을 두어야 한다. 특히 인용을 할 때 자신에게 유리한 방향으로 내용을 왜곡한다거나, 실험의 내용을 자신이 유리한 방향으로 해석하는 것은 정확성을 위배하는 것이라고 말할 수 있다.

③ 검증성 또는 재현성(reproducibility)

논문은 검증성(재현성)을 가지고 있어야 한다. 즉 논문 속에 제시된 내용을 동일한 방법으로 다시 했을 때, 동일한 결론에 도달할 수 있어야 한다는 말이다. 이를 위해 실험을 통한 논문은 실험의 방법이나 절차 및 실험의 환경 등이 그대로 기술되어야 하며, 인문과학 논문인 경우는 인용의 출처를 정확하게 제시해 주어야 한다. 이것을 우리는 논문의 '검증성' 또는 '재현성'이라고 말하는 것이다.

3) 윤리성(morality)

연구 논문에서 요구되는 또 하나의 중요한 조건은 '윤리성'이다. 아무리 논문이 독창적이면서도 객관적이라고 하더라도, 윤리성에서 위배된다면 그것은 논문으로서의 기본 자격을 상실한 것이라고 말할 수 있다. 연구자는 자신의 연구 결과를 사실 그대로 진술하고, 다른 사람의 연구 결과는 인정해 주는 태도를 가져야 한다. 만일 남의 연구결과를 자신의 연구결과인 양 제시한다거나 다른 사람의 주장을 인용문구 없이 자신의 주장인 것처럼 주장해서는 안 된다. 이와 같은 이유에서 표절을 통한 논문의 작성이나, 자신의 주장을 옹호하기 위해 없는 결과를 있는 것처럼 기록하는 행위 등은 절대로 있어서는 안 된다.

논문의 윤리성은 말 그대로 논문 전체의 기본 자격을 결정하는 것이다. 특히 논문은 그 분야 최고의 전문가에 의해서 작성되는 경우가 많기 때문에, 그 전문가가 윤리성을 위배한다면 그것을 점검하는 것은 쉽지 않다. 얼마 전에 있었던 황우석 박사의 논문 파문은 논문의 윤리성이 얼마나 중요한지를 보여주는 일례라고 말할 수 있다.

이와 같은 윤리성에 부합된다면, 논문은 독창적이면서 객관적이어야 한다는 기준을 통과해야 한다. 그런데 독창적이라는 것은 실제로 아직 객관화되지 않은 화자의 입장을 의미하기 때문에, 주관적이라는 말로 이해될 수도 있다. 결국 논문이란 주관적이면서도 객관적이어야 한다는 말이다. 이것은 마치 물과 기름을 하나로 섞으려고 하는 시도처럼 보이기도 한다.

그러나 우리가 조금만 깊이 생각해 보면 이것은 논문의 성격을 결정짓는 대단히 중요한 요소라고 말할 수 있다. 논문은 결국 지금까지 아무도 연구되지 않은 주제를 선택하거나 혹은 같은 결론이라고 하더라도 새로운 방법으로 문제에 접근하는 등, 기존의 연구와 차별성이 있어야 한다. 만약 그것이 없다면 '논문을 써야 할 이유'가 없기 때문이다. 따라서 독창성은 논문을 쓰는 이유와 관련되어 있다고 말할 수 있다. 하지만 독창적인 이야기만 늘어놓는다고 해서 그것이 논문이 될 수는 없다. 독창적인 생각이 철저하게 객관적인 논증 과정을 통해 검증되지 않는다면 그 독창성은 망상에 불과하기 때문이다. 결국 객관적인 과정을 통해 새로운 생각이 검증되는 과정이 바로 '논문을 쓰는 과정'이라고 말할 수 있다.

따라서 독창성은 논문의 서론과 결론을 통해 그 내용이 제기되고, 객관성은 본론을 통해 그러한 생각이 검증되는 과정에서 드러나야 한다. 논문이 '학술적'인 이유는 바로 여기에 있다. 주관성은 논문을 쓰는 이유이며 객관성은 논문의 주장을 객관적으로 검증하는 과정이다. 이러한 이유에서 논문은 주관적이면서도 객관적인 조건을 반드시 채워야 하며, 이 중 하나라도 충족되지 않는다면 그것은 논문으로서의 기본 조건이 갖추어지지 않은 것이라고 말할 수 있다.

4. 논문의 주제와 구성

논문을 쓰기 위해서는 테마를 잡고 그에 따라서 기본적인
구성을 완성해 가야 한다. 논문테마를 잡고 논문을 기술하는
데 있어서 자연과학 분야와 인문과학 분야는 확연한 차이가
있다. 이 때문에 여기에서는 일상적 특징들을 중심으로 살펴
보기로 한다.

1) 논문 테마를 잡기 전 선행 작업

(1) 자료수집

연구의 필요성을 느낀 주제가 있으면 우선 관련 자료를 수집
하는 것이 먼저 선행되어야 한다. 이때 자료는 좁혀서 구하는
것보다는 가능한 넓은 범위에서 확보하는 것이 좋다. 비록 자
신이 정한 주제는 좁다고 하더라도, 관련 자료는 최소한 세 단
계 정도의 상위 주제로부터 그 아래 자료를 모두 확보하는 것
이 좋다. 이때 반드시 필요한 것은 관련 주제에 대한 '사史'적
자료이며, 이것을 바탕으로 그 아래 자료들을 확보해야 한다.

(2) 자료검토

자료검토는 관련된 자료들을 기반으로 자신의 주제와 맞는 것에 포커스를 맞추어 자료를 정리해 가는 작업이다. 여기에서는 자신의 논문에 직접 사용될 증거들과 따로 알고 있어야 할 내용, 그리고 자신이 쓰고자 하는 논문과 직접 관련은 없다 할지라도 필요하다고 느낀 자료들을 분류해서 검토하고 정리해 놓아야 한다.

(3) 연구사 검토

자료를 수집하고 검토하는 가장 중요한 이유 가운데 하나는 연구사 검토를 위한 것이다. 자료를 확보하고 여기에 대한 정리와 검토가 끝나면 기존의 연구 성과들을 정리할 수 있다. 이처럼 연구사를 검토하고 나면 자신이 쓰고자 하는 논문 주제와 관련된 연구의 방향과 결과 및 방법들이 드러나게 된다. 이러한 내용들을 검토하게 되면 이것을 중심으로 결론이나 방법 및 방향 등에 문제가 있거나 연구가 덜 진행된 분야들이 나오게 된다. 바로 이 지점에서 자기 논문의 정확한 위치와 출발이 이루어지게 되며, 이것은 궁극적으로 자신의 논문에 독창성을 부여하는 과정이라고 말할 수 있다. 따라서 연구사에 대한 검토는 대단히 세밀하고 폭 넓게 이루어져야 하며,

이후 이것은 논문 집필에서 반드시 정리된 형태로 제시되어야한다.

2) 논문의 테마(주제)와 논문 제목 정하기

연구사 검토가 끝나면 논문의 테마와 주제는 대부분 결정된다. 연구사를 검토하게 되면 연구되지 않은 주제도 있고 또기존의 연구들이 가진 문제점들도 드러나기 때문이다. 따라서논문은 그것을 중심으로 주제가 정해지게 되고, 전체 내용은그러한 주제들을 중심으로 이루어지게 된다. 이처럼 논문의주제와 내용, 그리고 접근 각도 및 방법들이 결정되면, 이것을중심으로 논문의 제목이 정해진다. 이러한 과정들을 정리된형태로 살펴보면 다음과 같다.

(1) 논문의 테마 및 주제 정하기

논문의 주제는 자료를 검토하고, 연구사를 검토함으로써 정해진다. 기존 연구에서 누락된 부분이나 새로운 자료의 발견, 기존 연구 방법의 불충분성이나 잘못된 부분 등을 종합해서자신만의 논문 주제를 선택한다. 이때 주제는 '학술적'이라는논문의 기본적 성격에 맞는 것이어야 하며, 특히 '지식의 확장'이라는 논문 본연의 목적에 충실할 수 있는 주제를 정하는 것이 중요하다. 이를 위해서 기존 연구와의 관련성을 철저하게 따지는 동시에, 그 논문이 내놓을 결론이 이후 어떠한 파급효과를 낳게 되는지까지 검토해서 논문의 주제를 정해야 한다.

그러나 학생 시절에 논문을 집필할 경우 논문의 주제는 가능한 작게 잡는 것이 중요하다. 학자적 소양을 검증받는 학위논문인 경우는 폭넓게 주제를 잡아서 자신을 검증받는 것이 중요하겠지만, 일상적인 학술논문에서는 가능한 주제를 작게 잡아서 집약적으로 논증할 필요가 있다. 논증은 하나의 주장에 대해서 논리적으로 증명하는 과정이기 때문에 그 주장이 논증적이기 위해서는 여러 주제를 한 번에 모두 다루어 낼 수는 없다. 특히 일반 학술논문이나 보고문, 평론 등은 가능한 주제를 작게 잡아 집약적으로 논하는 것이 유리하다.

(2) 논문의 제목 정하기

논문의 제목은 주제를 한눈에 드러낼 수 있는 것이어야 한다. 이것은 제목을 정하는 기본적인 조건이다. 이러한 이유에서 가능한 한 제목은 짧은 것이 좋지만, 동시에 전달하려고 하는 내용을 포괄할 수 있는 제목이어야 한다. 예컨대 자신의 논문 주제가 플라톤의 윤리설인데, 그중에서도 특히 플라톤의 인간론을 바탕으로 윤리를 도출해 내려는 것이라면, 단순히

'플라톤의 윤리설 연구'라는 제목으로는 자신의 주제를 명확히 드러내는 논문이 아니다. 따라서 예컨대 '플라톤의 ○○적 인간에 기반한 ○○윤리설 연구'라든가 '플라톤의 ○○인간해명과 ○○윤리설 연구' 등과 같은 방법을 사용하여 구체적으로 주제를 암시해 주어야 한다.

제목만으로는 너무 길게 표기가 되는 경우에는 제목은 포괄적으로 표기하되, 부제를 달아서 논문 제목을 명확하게 하는 방법을 선택할 수도 있다. 예컨대 '플라톤의 윤리설 연구'라고 했을 때에는 너무 포괄적이지만 모든 주제를 한꺼번에 표시할 때에는 너무 길다면, '플라톤의 윤리설 연구―○○인간론을 중심으로'와 같은 방법을 쓰면 그 주제를 명확히 드러낼 수 있다. 특히 논문의 제목을 광범위하게 잡는 경우 같은 제목의 논문이 많을 수 있다. 예컨대 위에서 본 것처럼 '플라톤의 윤리설 연구'와 같은 논문 제목을 도서관에서 검색해 보면 동일 논문 제목이 매우 많은 것을 확인할 수 있다. 논문의 독창성을 확보하기 위해 가능한 한 동일한 논문 제목은 피하는 것이 좋다.

3) 개요 짜기와 목차구성

주제가 정해졌고 제목이 설정되었다면, 글을 써 내려갈 차례가 되었다. 그러나 여기에서도 바로 글을 써 내려는 것은 옳지 않다. 주장이 정해졌고, 그에 따라 주제와 제목이 정해졌다면, 개요를 짜고 목차를 구성하는 것이 먼저이다.

논문은 자신의 주장을 가능한 모든 자료를 논거로 삼아서 그것을 증명해 내는 것이다. 따라서 논문의 개요와 목차 짜기는 철저하게 이 원칙 속에서 이루어져야 하며, 목차만으로도 논문의 전체 내용 대부분이 드러날 수 있도록 짜야 한다. 논문의 기본적인 구성은 서론과 본론, 그리고 결론으로 구성된다. 이러한 구성은 그 명칭 자체에서 서론, 본론, 결론과 같은 형식을 사용하지 않더라도 그 내용상으로는 이와 같은 드러날 필요가 있다.

논문에서 자신의 주장이 분명하게 드러나는 것은 그 논문의 결론이다. 이러한 입장에서 보면 결론은 그 논문을 쓰게 되는 가장 중요한 이유이며, 결론을 통해 논자의 입장이 분명하게 드러나게 된다. 서론과 본론은 바로 이와 같은 결론에 도달할 수 있도록 갖가지 효과적 방법을 동원하여 기술하게 되며, 이와 같은 논의를 통해 비로소 결론은 그 의미를 갖게 된다.

따라서 글의 개요는 이와 같은 주장을 논증하기 위해 어떠한 논거들이 필요한지를 중심으로 본론부의 내용을 먼저 스케치해 보는 작업이다. 이것은 글의 구조 짜기에서 이미 한 번 다루어졌으므로, 상세하게 다루지는 않겠다. 다만 논문은 글의 기본 구조 자체가 논증적 형식에 충실하게 짜일 필요가 있으므로, 논문을 집필할 때에는 주장과 전제들과의 관계를 세밀하게 고려하는 노력들이 반드시 있어야 한다. 이렇게 글의 구조를 짜고 나면 그에 따라서 목차를 짠다. 물론 기본적으로 목차는 글의 구조와 다르지 않다. 대부분 구조가 짜이면, 각 장이나 절 속에 들어갈 내용을 포괄할 수 있는 표제어를 뽑아서 그것을 중심으로 목차를 짜는 것이 일반적이다.

목차는 자신의 논문이 결론에 이르는 길을 하나로 보여줄 수 있는 이정표이다. 동시에 어떠한 과정으로 논문의 논의가 전개되는지를 한눈에 볼 수 있도록 하는 것이기도 하다. 따라서 제대로 짜여 있지 않으면 옳은 결론에 이를 수 없다. 이 때문에 학위논문 심사에서 중요한 영역을 차지하는 것 가운데 하나가 바로 목차에 대한 심사이다.

목차는 철저하게 결론을 규명하기 위한 것에 맞추어져 있어야 한다. 예컨대 우리의 논문이 '플라톤의 윤리학은 그의 이데아론을 중심으로 이루어진 것이다'라는 결론을 논증하기 위한 것이라면 다음과 같은 내용이 목차에 들어가야 한다. 이데아론이 무엇이고 그것이 윤리에 어떠한 근거가 되는지를 밝혀야 할 것이다. 그리고 그 근거를 기반으로 플라톤의 모든 윤리설을 해명해 내야 한다. 이를 통해 결론적으로 플라톤의 윤리설은 그의 이데아론에 바탕하고 있다고 말할 수 있다. 목차 속의 소 목차는 큰 목차를 증명해 주고, 큰 목차는 논문 전체의 결론을 증명해 주는 것으로 논문이 짜여 있어야 한다.[5]

5. 서론 쓰기

이제 본격적으로 논문을 쓰는 단계로 이행된다. 논문은 보통 서론과 본론, 결론으로 이루어지며, 그 각각 반드시 기술되어야 할 내용과 방법들이 있다. 여기에서는 서론에 대해서 알아보기로 한다.

1) 서론이란?

서론이란 논문의 문두에 나오는 것으로, 이 논문을 왜 쓰는가를 말하고 있는 부분이다. 그래서 서론에서는 주로 논문을 쓰게 된 동기와 목적, 문제의 제기, 문제의 성질, 연구의 의의와 중요성, 연구의 방향과 서술의 방법, 연구가 미칠 영향 등

---

5) 여기에 대해 자세한 것은 앞에서 본 글의 구조 짜기를 참조할 것.

에 대해서 기술하게 된다. 한마디로 말해, '왜 이 연구를 진행하는가에 대한 종합적인 설명'이라고 말할 수 있다. 서론은 특히 논문의 특징과 연구의 독창성을 부각시키는 글이므로, 매우 상세하고 깊이 있게 서술해 주는 것이 좋다.

요즘에는 '서론'이라는 말 자체가 딱딱하고 거부감 있다고 생각되어, '문제제기'나 '들어가는 말', '시작하는 말', '서언' 등과 같은 용어로 대신하는 경우가 많다. 하지만 그렇다고 해도 서론에서 들어가야 할 기본 내용은 바뀌지 않으므로, 논문을 쓰는 사람이 이와 같은 용어를 적절히 선택해서 기술하면 되겠다.

2) 서론의 구성과 내용

서론은 문두에 나오는 것이기 때문에 주로 다음과 같은 내용이 중심을 이룬다. 물론 기술되는 상황과 내용에 따라 아래에서 말하는 내용이 모두 제시되는 것은 아니다. 그리고 아래의 내용들은 대부분은 유기적으로 연관되어 있기 때문에 문제를 제기하는 과정에서 연구사 검토와 논문의 주제, 연구의 방법 등이 저절로 기술될 수밖에 없는 경우가 일반적이다. 그러한 내용들을 대략적으로 나누어서 살펴보면 다음과 같다.

(1) 문제제기

서론을 일반적으로 '문제제기'라고도 한다. 이것은 이 논문의 필요성을 제기하면서, 이 논문에서 다루려고 하는 주제와 왜 그러한 주제를 다루게 되는지를 기술하는 것이다. 여기에서는 문제점이 무엇인지를 부각시키고, 그 문제점이 왜 문제가 되는지를 설명함으로써 논문이 가진 궁극적 가치를 설정한다. 인문 사회 과학 방면에서 문제제기는 주로 연구사 검토를 통해 설정되는 것이 일반적이다.

(2) 연구사 검토

연구사 검토는 정확한 문제제기를 위해서 반드시 필요하다. 자기가 쓰려고 하는 연구주제가 이전에 어떻게 연구되었는지를 해명하고, 그에 따라서 자신의 논문이 가지는 위치를 밝혀주는 것이다. 이것은 특히 논문이 가진 '독창성'이나 '연구의 위치'를 설정해 주는 것으로, 기존에 이미 연구된 것을 반복해서 연구하지 않도록 해준다. 더불어 기존의 연구가 가진 문제점들을 해명함으로써 자신의 연구가 가진 가치와 위치를 분명하게 드러낼 수 있게 된다.

(3) 문제와 논문의 성격

이 대목은 자기가 제시한 문제가 어떠한 성격을 갖는지를 밝혀주는 것이다. 이러한 문제의 성격을 서론에 밝혀 놓음으로써 이 논문이 궁극적으로 어떠한 성격을 갖는지를 규정해 준다. 동시에 자신의 논문이 '정리형' 논문인지, '기존의 논지에 대한 비판형' 논문인지, 아니면 실험결과를 보고하는 논문인지 분명하게 드러나게 된다. 이와 같은 규정을 통해 논문이 무엇을 중심으로 기술되는지가 드러날 수 있도록 해주는 것이다.

(4) 연구의 의의와 중요성

이 부분은 주로 연구사 검토를 통해 논문의 문제제기를 하면서 많이 밝혀진다. 연구사가 먼저 검토되고, 이를 바탕으로 문제를 제기한 후 이 논문을 통해 연구하는 그 이유와 중요성을 설명해 준다. 이것은 자신의 논문이 가지는 가치를 부각시키기 위한 목적을 가진 것으로, 왜 이 연구가 중요하고 의미 있는지를 밝혀주는 것이다.

(5) 연구의 방향과 서술의 방법

어떠한 문제를 풀어가는 데 있어서 방법론은 매우 중요하다. 따라서 서론에서는 그 논문의 연구 방향과 방법 등을 세밀하게 제시해 주어야 한다. 이 연구가 어떠한 방법으로, 어떠한 방향에서 연구되는지에 대해서 서론에서는 반드시 밝혀주어야 한다는 말이다. 그리고 그에 따라서 논해 가는 순서(목차에 따른 순서가 가장 용이함)를 제시하고, 왜 그 순서에 따라서 논하는지를 밝혀준다.

(6) 연구의 한계와 범위 설정

자신의 연구가 가진 한계를 분명히 짚어 줌으로써 여러 오해를 피할 수 있다. 다시 말해 자신의 논문에서 도저히 다루어 낼 수 없는 부분이나 다룰 필요가 없는 부분을 제시함으로써, 논문이 가진 한계와 범위를 분명하게 설정해 주어야 한다. 이것은 다른 연구자로부터 닥칠 잘못된 오해를 피해 나갈 수 있는 방법인 동시에 자신의 주제를 선명하게 드러낼 수 있는 방법이기도 하다. 또한 비판자들의 비판을 미리 차단함으로써, 논문을 읽는 독자로 하여금 주제 자체에 대한 이해를 가능하게 해준다.

(7) 연구가 미칠 영향 및 활용도

이 논문을 통해 도출된 결론이 궁극적으로 어떠한 영향을 미칠 것인지에 대해서 기술해 주어야 한다. 이것은 이 논문이 궁극적으로 어떠한 결과를 낳을지에 대한 논문의 적용점을 분명히 해주려는 것이다. 나아가 이 논문의 결론이 어떠한 학술적 파생효과를 가지며, 나아가 어떠한 활용도를 가질 것인지도 적시해 주는 것이 좋다.

6. 본론 쓰기

1) 본론이란?

본론은 논문의 중심 글이다. 본론은 서론에서 제시된 문제와 방법론을 가지고 실제 논문을 집필해 가는 것이다. 여기에서 중요한 것은 제시된 문제를 정밀하게 분석하고 논증함으로써 자신이 주장하고자 하는 결론을 도출해 낼 수 있도록 글을 써야 한다는 것이다. 따라서 본론은 제시된 문제에 대해 증명하고 논증하는 과정이라고 생각하면 된다. 그러므로 본론은 논증의 과정을 통해 자신이 제시하고자 하는 결론에 도달할 수 있도록 내용이 배치되어야 한다. 그러므로 여기에서 중요한 것은 철저한 객관성을 유지하면서 논증적으로 글을 집필하는 것이다.

2) 본론의 핵심 내용

본론에서 주로 다루어지는 내용은 1)문헌을 분석한 결과나 또는 실험결과(자연과학계열)를 제시하고, 2)그것을 어떠한 이론적 근거에 의하여 해석하고 합리화하는 과정을 제시하며, 3) 나아가 다른 연구자와 결과를 비교하고 검토함으로써 자신의 주관과 이론 및 학설을 분명하게 도출시켜 내는 작업이다. 이러한 내용을 좀 더 자세하게 설명하면 다음과 같다.

(1) 문헌에 대한 분석결과나 실험결과에 대한 제시

인문과학이나 사회과학 논문인 경우 본론에서 일반적으로 기술되는 것은 문헌을 분석한 결과이며, 자연과학 논문에서는 실험의 내용과 그 결과가 제시된다. 문헌 분석인 경우는 주로 '인용문'을 통해 분석 대상의 문헌을 제시해 주고, 그 내용에 대한 논리적 분석을 실시함으로써 그것이 어떠한 의미를 가지는지를 규명하는 것이 일반적이다. 이 때문에 주로 자신이 분석하고자 하는 텍스트의 내용이나 그에 대한 다른 연구들을 분석하여 인용의 형태로 제시하고, 그 내용이 어떠한 함의를 갖는지 제시해 준다.

또한 실험결과인 경우는 실험의 내용 및 방법, 그리고 도출된 결과를 제시해야 한다. 특히 실험결과인 경우는 실험방법의 타당성이 입증되어야만 도출된 결과에 대한 신뢰를 확보할 수 있다. 그러므로 실험방법의 선택이유와 그것의 정당성을 입증해 주고, 실험에 영향을 미칠 수 있는 다양한 변수들도 함께 제시함으로써 실험 과정의 정당성을 확보할 수 있도록 해야 한다. 그리고 이러한 방법을 통해서 드러난 결과가 어떠한지를 기술한다.

인문학 계열에서는 주로 인용문을 통한 논증이 많으므로, 인용문에 대해서 좀 더 자세히 설명하기로 한다. 인문학의 경우 그 연구 대상은 주로 인물의 사상이나 이론에 대한 연구가 주류를 이룬다. 그런데 인물의 사상이나 이론에 대한 연구는 주로 그 인물이 남긴 문헌들 속에 집약되어 있으므로, 일차적으로 그 문헌을 분석하는 것이 논문의 주된 작업이다. 그리고 그 분석된 문헌에서 나오는 연구 대상의 직접적인 언명들을 인용문으로 제시하고 그 내용을 분석함으로써 연구 대상의 사상이나 이론들을 밝혀나가는 것이다.

따라서 인용문은 다음과 같은 몇 가지 기준이 지켜져야 한다. 첫째, 연구 대상의 직접적 언명이 가장 효과적이다. 이것을 일차자료라고 하는데, 가능하면 일차자료의 인용을 통해 논문을 기술하고 분석해야 할 필요가 있다. 둘째, 인용문은 사실적이어야 한다. 이 말은 연구자가 자신의 필요에 의해서 인용문을 왜곡시키거나 변형시켜서는 안 된다는 말이다. 있는 그대로를 인용문으로 인용해 와야 하며, 그것을 기반으로 분석해야 한다. 셋째, 인용문은 객관적이어야 한다. 앞뒤의 상황을 모두 배제한 채 그 한마디 말만을 끌어와서 인용한다면, 이것은 결과를 크게 뒤집거나 거짓 결과를 낳을 가능성을 내포하게 된다. 따라서 앞뒤 상황이 충분히 설명된 상태에서 연구 대상의 핵심적 주장들을 인용문으로 가져와야 한다. 넷째, 인용문은 철저하게 그 출처를 밝혀줌으로써 이후 연구자들이 그 연구의 결과를 재조사할 수 있도록 해야 한다. 이것은 연구의 검증성을 높이는 것으로, 다른 연구자가 이와 동일한 방법을 사용해서 연구할 경우에도 동일한 결과를 도출시킬 수 있도록 그 출전을 분명히 해주어야 한다

(2) 제시된 결과를 특정 이론에 근거하여 해석하고 합리화하는 과정

본론은 분석결과나 실험결과를 특정 이론에 근거하여 해석하고 합리화하는 과정이기도 하다. 이것은 제시된 다양한 결

과들에 기초하여 특정 이론을 도출시키거나 새로운 해석을 제시하는 과정이라고 말할 수 있다.

실험이나 관찰에 관련된 논문인 경우는 제시된 결과를 특정 이론에 근거해서 해석함으로써, 그 결과가 어떠한 의미를 갖는지 보여주어야 한다. 이러한 과정을 통해 특정 사안에 대한 새로운 시각이나 관점을 도출해 내거나, 새로운 해석의 방법 등을 보여주게 된다. 특히 실험이나 관찰 등에 적용시킬 수 있는 정당한 이론을 중심으로, 세밀하게 결과들을 분석함으로써 자신이 도출해 내려는 결론에 이를 수 있도록 글을 집필해야 한다.

이에 비해 문헌연구인 경우는 텍스트에 대한 정확한 이해와 그것을 바탕으로 한 합리적인 해석을 통해 연구 대상의 이론적 특징과 그 사상적 특징을 밝혀내게 된다. 이러한 과정은 연구에 있어서 가장 핵심적인 부분으로 다음과 같은 과정을 거친다. 먼저 텍스트에 대한 정확한 의미해석이다. 해석은 특히 당시의 시대에 대한 정확한 이해나 연구 대상의 삶 등을 기반으로 해서 왜 이러한 글을 남겼는가를 면밀하게 추론해 가는 과정이다. 이와 같은 의미 해석을 통해, 그것이 가지고 있는 논리적 의미와 연구 대상이 추구하려고 했던 입장들을 도출해 냄으로써, 분석 대상이 가진 진정한 의미 체계를 밝혀낼 수 있게 된다. 따라서 연구 대상에 대한 정확한 이해와 그것을 바탕으로 한 논리적 분석은 인문과학 논문 작성에서 필수 불가결한 요소라고 말할 수 있다.

이러한 과정을 통해 정확하게 해석된 의미를 현대적 언어체계로 정확하게 옮겨냄으로써 자신의 주장을 정당화한다. 여기에서 중요한 것은 이해할 수 있는 논리로 설명되어야 하며, 받아들일 수 있는 객관적 사실들로 기술되어야 한다는 것이다.

(3) 비교 검토를 통한 학설의 규정

본론에서는 해석과 합리화의 과정을 거치고 나면, 그 다음 새로운 학설을 규정할 수 있는 단계로 이행된다. 즉 실험 및 분석의 결과로부터 연구 목적을 규명하는 데 있어서 충분한 설명이 되는지, 또는 설정한 가설에 대한 충분한 근거를 제시하고 있는지를 검토하여 새로운 학설을 도출해 내는 부분이다.

여기에서는 필요할 경우 다른 연구자의 결과 가운데 중요한 부분을 인용하여, 자신의 연구결과와 비교 분석하는 과정을 거치기도 한다. 이 과정에서는 자신의 주장을 보완할 수 있는 연구결과를 차용할 수도 있고, 다른 연구자의 결과나 학설들을 비판함으로써 자신의 학설을 새로운 이론으로 제시할 수도 있다. 특히 여기에서는 비교와 평가의 방법이 많이 이용되며, 다른 연구자에 대한 비판은 주로 연구방법상의 문제나 내용의 부적절성, 비논리성 등을 대상으로 이루어지는 것이 일반적이다.

　이와 같은 과정을 통해 기존의 이론이나 학설, 해설방법이나 분석방법 등과는 다른 자신만의 새로운 이론과 학설, 또는 해석과 분석의 방법을 제시함으로써, 자신이 원래 도출시키려고 했던 결론에 도달할 수 있다. 이 부분을 통해 논문의 독창성이 담보되며, 논문을 기술하는 궁극적 이유가 본론 내에서 확인될 수 있다.

3) 본론 쓰기에 있어서 주의할 점

　위에서 이미 충분히 드러났지만, 논문은 그 자제로 논증성(논리성)과 사실성, 정확성에 근거해야 하며, 이 부분은 특히 본문 쓰기에 있어서 대단히 중요한 기준이 된다. 서론과 결론은 문제의 제기나 결론을 도출시킴에 있어서 논자의 주장이 강하게 반영되지만, 본론에서는 논자의 주장이 표출되는 것이 아니라 논자의 주장을 철저하게 논리적으로 해명하고 분석하는 곳이라고 말할 수 있다. 따라서 주장보다는 논증이, 설명보다는 분석이 더 깊이 있게 이루어져야 한다.

(1) 논증성(논리성)

논리적 원칙에 따라서 기술해야 하며, 논리적 비약이나 자신의 해석과 다른 해석의 가능성이 있도록 하지 않아야 한다. 다시 말해 다른 학자가 논문을 쓰더라도 이 논리 구조를 따라갈 경우 동일한 결론에 이를 수 있도록 논리적 조건들을 갖추어서 기술해야 한다는 말이다. 이를 위해 텍스트에 대한 정확한 분석과 그것으로부터 합리적으로 이끌어내지는 결론들을 중심으로 전체 글이 기술되어야 하며, 논증되지 않은 주장이나 논리적 비약 등이 포함되지 않아야 한다. 실험이나 관찰 논문 역시 실험의 방법과 내용 등이 가져올 수 있는 추론 가능한 결론이 논문의 결론에서 제시될 수 있도록 기술해야 한다.

(2) 사실성

본론은 정확한 사실에 기반을 둔 기술이어야 한다. 따라서 추측이나 예상은 본론 글쓰기에서 금해야 할 사항이다. 이 때문에 본론부에서 "~했을 것이다"나 "~일 것이다"라는 문장 형식은 가능한 한 피하는 것이 좋다. 인용을 해야 하는 경우도 사실을 정확하게 드러낼 수 있도록 해야 하며, 수치나 증거 자료들도 거짓이 없도록 유의해야 한다.

(3) 정확성

이 말은 논증성이나 사실성과 연관되는 부분이라고 말할 수 있다. 즉 논증의 정확성이나 정확한 사실의 기술로만 본론을 이루어 나가야 한다는 말이다. 특히 앞에서 말한 것처럼 수치나 증거 자료 등을 가지고 자신의 논의를 보강할 때, 예상치나 기대치를 말하는 것이 아닌 정확한 수치와 증거 자료들을 보여주는 것이 필요하다. 이처럼 논문의 본론에서 중요한 것은 정확성이다.

(4) 분석성

본론은 이런저런 설명들로 이루어지는 것이 아니라, 특정한 사안에 대한 정밀한 분석을 통해 기술되어야 한다. 논문이 설명문과 다른 부분이다. 텍스트에 대한 이해 역시 단순한 설명식 이해가 아니라, 분석적으로 이해하여 그것이 가져올 수 있는 합리적 결론들을 추론할 수 있도록 기술해야 한다. 또한 실험과 관찰에 관한 논문인 경우에도 실험의 결과와 관찰의 내용을 단순한 나열식 설명으로 기술하는 것이 아니라, 도달하려는 결론을 염두에 두고 그 결과와 내용을 분석하여 제시할 수 있어야 한다.

7. 결론 쓰기

1) 결론이란

결론은 말 그대로 연구자가 장기간의 노력 끝에 수행하여 얻은 연구와 조사, 실험의 결과들을 정리하고 마무리 짓는 단계이다. 이 단계는 주로 본론부에서 특정 문제에 대한 분석과 해석을 거쳐 도달한 최종적인 결론을 밝히는 것으로, 이것이 결론부에서 주장의 형태로 제시된다. 이 때문에 결론에서는 연구 전에 세운 가설이나 학설을 어느 정도 증명 또는 설명할 수 있게 되었는지, 그리고 연구를 시작하면서 제시했던 연구 목적이 얼마나 달성되었는지 등이 기술된다. 나아가 새로 발견된 사실 등을 분명하게 정리하고 연구에서 얻은 결과가 가지는 제약성과 활용성 등을 명백히 밝혀서 연구상의 문제점과 앞으로의 연구 방향을 밝히는 곳이기도 하다.

2) 결론의 구성과 내용

구체적으로 결론을 통해 기술되어야 할 내용을 정리해 보기로 하자. 먼저 결론은 본론에서 제시된 내용을 다시 한번 간단하게 정리해 줄 필요가 있다. 이것은 논지를 명확히 하기 위해서 논증적으로 깊게 논의된 내용을 간략하게 정리하고,

이를 기반으로 자신이 주장하고자 하는 결론을 도출시켜 내기 위한 것이다.

이러한 정리를 기반으로 객관적이고 논리적인 결론을 도출시켜 낸다. 이 부분은 연구자가 오랫동안 연구하고 기술해 온 목적을 최종적으로 달성하는 것으로, 이 결론 하나를 내기 위해서 연구자는 오랫동안 연구하고 그것을 논문으로 작성해 온 것이다. 따라서 이 부분은 본론을 통해서 이루어진 모든 논증을 최종적으로 정리하는 성격을 지니며, 동시에 그 논문의 가장 중요한 부분이기도 하다.

이러한 결론을 지으면서 연구를 시작할 때 제기했던 문제를 얼마나 달성했는지를 명시해 주어야 한다. 문제제기만 있고 결론에서 그것이 다루어지지 않으면 논문으로서의 가치가 떨어진다고 할 수 있다. 따라서 반드시 연구 시작 때의 문제에 대한 성과를 제시해 주어야 한다. 동시에 서론에서 제기된 문제제기가 결론부에서 어느 정도 해결되었는지도 기술해 주어야 한다.

그리고 마지막으로 그 결론을 통해 앞으로 있을 기대 효과를 기술해야 한다. 이것은 자신의 논문에 대한 활용성을 부가하는 것으로, 이를 통해 논문의 가치를 드러낼 수 있다. 동시에 자신의 논문이 가지는 제약성과 미진했던 부분을 밝혀줌으로써 이후의 연구가 연장될 수 있는 가능성을 열어두는 것도 필요하다. 이를 통해 이 논문의 위치와 역할을 분명히 할 수 있다.

3) 결론 작성 시 주의사항

결론은 서론에서 제기된 문제를 본론을 통해 증명함으로써 최종적인 논자의 주장을 이끌어내는 곳이다. 따라서 무엇보다 서론에서 제기된 문제점들에 대해서 충실하게 답해 주는 역할을 해야 한다. 문제제기만 하고 결론을 엉뚱하게 도출시킨다면 이것은 서론과 결론이 정확하게 맞아떨어지는 것이라고 볼 수 없다.

동시에 결론은 본론에서 다루어진 내용만을 가지고 기술되어야 한다. 즉 본론에서 이루어진 논증과정을 통해 최종적으로 도달할 수 있는 주장이 결론부에서 기술됨으로써, 철저하게 본론과의 관계를 유지해 줄 수 있어야 한다. 다시 말해 본론에서 증명된 내용이나 본론에서 언급된 내용들만을 중심으로 결론이 기술되어야 한다는 말이다. 만일 여기에서 벗어나는 추측이나 예상들이 기술된다면 이것은 논리적 비약이며, 따라서 좋은 결론이라고 말할 수 없다.

8. 각주 달기 및 인용

1) 인용

인용은 말 그대로 남의 글을 자신의 글 속에 포함시키는 행위로, 다음과 같은 목적을 가지고 이루어진다. 첫째, 자신이 연구하고 있는 연구 대상의 직접적 언명을 통해 자신의 주장이 타당하다는 것을 증명하기 위한 것이다. 둘째, 특정 주제에 대한 선행연구의 결과(이론이나 견해 등)를 비교, 대조, 혹은 단순히 제시함으로써 자기의 글이 위치한 맥락을 밝히기 위한 것이다. 셋째, 권위 있는 사람의 글을 제시함으로써 자기의 주장이 타당하거나 정확하다는 사실을 강조하기 위한 것이다. 넷째, 자기의 견해와 타인의 견해가 어떻게 다른지를 제시함으로써 자신의 견해가 타당성 있음을 강조하기 위한 것이다. 인용은 크게 직접인용과 간접인용으로 나눌 수 있는데, 자세한 내용은 다음과 같다.

(1) 직접인용

직접인용은 원문을 그대로 자기의 글 속에 삽입하는 방법이다. 이것은 연구 대상에 대한 기본서를 인용하거나 역사적 사료를 인용하는 경우, 기타 법조문과 같은 내용들은 가능한 한 직접인용을 한다. 동시에 직접 인용하지 않을 경우 오해의 소지가 있는 글 역시 가능하면 직접인용을 해주는 것이 좋다. 이외의 경우를 제외하고는 직접인용은 피하는 것이 좋다. 직접인용은 짧은 경우는 ""표를 써서 인용을 하며, 주로 '누구는 ""라고 말했다'라는 방법으로 인용한다. 그리고 인용문이 긴 경우에는 한 칸을 띄우고 3~4칸 정도를 들여 씀으로써 인용문임을 표시해 주는 방법이 좋다. 예컨대 다음과 같은 방법이다.

이러한 확장성을 통해서 "**천지만물이 일체**"1)일 수 있다는 것이 정인보의 입장이다. 그래서 정인보는 다음과 같이 말한다.

> **양명은 늘 사람으로서 고유한 '알음' 즉 '良知'를 제창한지라. 책에서만 구하지 말라, 네 양지에 구하려 하여 心外一步를 내딛지 못하게 함으로 국가 민중을 心內事로 감통하여……—하략—2)**

이렇듯 감통은 국가와 민중을 자신의 마음으로 끌어들임으로써 자신의 범위를 넓혀 가는 것이다.

위에서 보듯 각주 1)번과 2)번 모두 직접인용이다. 1)번은 짧은 내용이기 때문에 문장 속에서 직접 ""표를 사용하여 인용하고 있으며, 2)번은 긴 인용문이기 때문에 한 줄을 띄우고 다시 인용이라는 것을 표시할 만큼 들여 써서 기술하고 있다. 원고지로 환산한다면 앞의 한 칸을 띄우는 것이다.

(2) 간접인용

간접인용은 원문을 그대로 삽입하지 않고 원문의 내용을 연구자 자신의 말로 바꾸어 자기의 글 속에 삽입하는 것을 말한다. 간접인용의 경우에는 원저자의 내용을 잘못 전달하는 일이 없도록 특히 신경을 써야 한다. 이것은 주로 작은따옴표 ('')를 사용하여 인용을 표시해 준다. 예를 들면 다음과 같다.

> 양명학의 학문적 성향을 대표하는 가장 일반적인 말은 심학이다. 양명학에 있어서 **'심은 곧 천리天理이며, 그것이 천리인 이유는 본래의 마음인 양지가 천리이기 때문'**1)이다.

여기에서 ' '안에 있는 것은 논자가 인용한 책에서 그 의미만을 발췌하여 옮겨온 것이므로 간접인용을 한 것이다.

(3) 인용의 원칙

인용은 다음의 원칙을 반드시 지킨 상태에서 이루어져야 한다. 1)꼭 필요한 경우만 인용한다. 2)인용할 가치가 충분한 것만 인용한다. 3)원저자의 의도에서 벗어나지 않게 인용하다. 4)인용은 가급적 짧게 한다. 5)인용한 것은 주를 통해 출처를 분명하게 밝혀야 한다.

2) 주 달기

논문에서 주가 없다면, 그 논문은 앙꼬 없는 찐빵과 마찬가지이다. 다시 말해 주가 없다면 그 논문이 가진 정확성과 효율성, 그리고 객관성과 윤리성에 대한 의심을 받을 수 있다. 그만큼 연구는 자기 혼자 독자적으로 이루어지는 것이 아니라, 기존의 연구에 기초해서 이루어지기 때문이며, 따라서 그에 대한 내용들은 주를 통해서 밝혀주는 것이 일반적이다. 동시에 주는 인용할 경우만 사용하는 것이 아니라, 본문 속에 직접 포함시킬 수는 없지만 전체 내용에서 반드시 필요한 내용이나 참고해야 할 내용 등을 따로 빼서 기술하기도 한다. 따라서 주 달기는 논문 쓰기에 있어서 매우 중요하다고 말할 수 있다.

주의 종류로는 논문 내에 주를 어디에 위치시키는가에 따라서 내주와 각주, 그리고 후주가 있다. 내주는 본문 속에 그대로 주를 포함시키는 방법이고, 각주는 주를 달아야 하는 내용을 그 페이지 하단에 위치시키는 방법이며, 후주는 논문 뒤에 주만 따로 모아 두는 경우이다.

주는 인용이나 참고한 문헌의 출전을 명시하기 위해서 많이 사용된다. 출전을 명확히 밝히기 위해서 출전 각주에는 반드시 포함되어야 할 사항이 있다. 저자, 서명(논문명), 판(몇 번째 판), 출판사항(출판장소, 출판연도, 출판사), 페이지 표시 등이 그것이다. 이것은 논문을 읽는 독자가 필요에 따라서 책 내용을 다시 확인할 수 있게 하려는 목적을 가지고 기술해 주면 된다.

출전 인용의 순서는 논문의 양식이나 형식에 따라서 각기 다르다. 동시에 각 학문 분야에 따라서도 조금씩 차이가 있다. 따라서 출전 인용의 순서는 자신이 기술하고 있는 논문의 분야에서 요구하는 방식을 따르는 것이 일반적이다. 다음에서 제시한 것은 현재 일반화되어 있는 인용방법을 참고를 위해 제시한 것이다. 우선 동양서적의 경우는 다음과 같다.

단행본의 경우: 홍길동, 『강화도의 일기』(서울: 문학출판사, 1999), 17쪽.

번역본의 경우: 막스 베버, 『강화도의 일기』, 홍길동 역(서울: 문학출판사, 1999), 19쪽.

학술지 발표 논문인 경우: 홍길동(저자명), 「강화도에 대한 연구」(논문명) 『역사학 연구』 29집(논문의 출전 명)(서울: 한국 사학회, 1999.3)(출판사항), 29쪽.

다음은 서양서적의 인용인 경우이다. 서양서적 역시 동양서적과 유사하나, 책명의 경우는 이탤릭체나 줄을 그어서 표시해 준다.

단행본의 경우: Lawrence Stone. *The Family, Marriage in England*(Londen: Penguin Books. 1977), p.12.

학술지 발표논문인 경우: Stephen I. Greenblatt. "Reasonance and wonder" *Leaming to course: Essays in Esrly Modern*(New York: Routledge. 1990). p.134.

(여기에서 "" 부분은 논문의 제목이고, 이탤릭체로 쓰인 부분은 그 논문이 발표된 학술지이며, 괄호 안의 사항은 그 학술지의 서지사항이다.)

똑같은 저서가 계속해서 인용될 경우는 다음과 같은 방법을 쓴다.

1) 바로 위의 책인 경우: 【위의 책. 17쪽.】과 같은 방법으로 인용한다. 영문 책인 경우는 【Ibid, p.17.】로 표기하기도 한다.

2) 바로 위가 아닌 앞에 이미 인용된 책인 경우는 저자 이름만 밝히고 앞의 책이라고 표해준다. 【홍길동, 앞의 책. 13쪽】과 같은 방법이다. 영문 책인 경우는 저자 이름을 적고 【홍길동, Op.cit. p13.】이라고 쓴다.

1. 보고서의 성격

보고서는 특정 주제에 대한 연구나 조사, 답사, 실험 등의 결과를 보고하기 위하여 기술하는 글이다. '지식의 창출'을 목적으로 하는 대학의 수업이나 학습 과정에서는 일반적으로 보고서와 학술논문을 요구하는 경우가 많다. 특히 학습 과정에 있는 학생들에게는 학술논문보다는 주로 '보고서'를 요구하는 경우가 많다. 보고서 쓰기에 충분히 숙달되면, 새롭게 자신의 주장을 제시하고 그것을 논증하는 학술논문 쓰기에 도전할 수 있게 되기 때문이다. 따라서 보고서 쓰기는 대학 글쓰기 과정에서 논문 쓰기를 향한 기초 훈련이면서 동시에 그 자체의 학습 목적이 수반된 글쓰기라고 말할 수 있다. 이러한 의미에서 보면 보고서 쓰기는 학생들의 독자적인 연구능력을 기르기 위한 훈련의 단계이자 학술논문 쓰기의 전 단계로, 기본적인 형식이나 내용, 그리고 체제 면에 있어서 학술논문과 크게 다르지 않다고 말할 수 있다.

그렇지만 여기에서 보고서의 양식을 하나로 규정하여 어떻다고 말하기에는 곤란한 측면이 있다. 이것은 학술논문도 그렇듯이, 보고서가 조사나 답사, 실험, 학습 내용 등과 같은 글쓰기 대상에 따라 성격과 형식에서 많은 차이가 있을 수밖에 없기 때문이다. 또한 학문의 분야에 따라서도 글을 기술하는 양식이나 방법에 차이가 있다. 그러므로 하나로 표준화시켜, '보고서는 이러해야 한다'라고 말하기에는 곤란한 부분이 있다. 이 때문에 이 책에서는 우선 보고서가 갖추어야 할 일반적인 성격과 글쓰기 방법을 먼저 살펴본 뒤, 그것을 중심으로 각 학문별 보고서 쓰기에 대해서 간략하게 소개해 보기로 한다.

대학 수업에서 보고서는 주로 학습 과제를 정리하거나, 실험 및 실습, 관찰, 답사 등의 결과를 글로 쓰게 하는 활동이 중심을 이룬다. 이것은 주로 수업시간의 학습효과를 높이기 위해 학생들로 하여금 스스로 학습을 하게 하려는 목적을 가진 경우가 많다. 동시에 학생들로 하여금 학술적 글쓰기 능력을 함양시켜, 이후 스스로 독창성 있고 체계성을 갖춘 연구 논문을 집필할 수 있도록 훈련시키려는 목적도 포함되어 있다. 이 때문에 보고서를 요구하는 교수는 학생의 보고서를 통해 학습의 과정과 결과를 확인하기 원하며, 나아가 그것으로부터 스스로 새로운 논의를 열 수 있는 단계까지 이행되고 있는지 그렇지 않은지를 보려고 한다. 따라서 보고서에는 학습 내용이 객관적 표현을 통해 기술되는 것이 중요하다. 보고서가 갖추어야 하는 객관적인 표현과 정보의 정확성은 이러한 이유에서 필요한 것이다.

또한 보고서는 학술논문을 기술하기 위한 전 단계 훈련으로서의 의미도 함께 가지고 있다. 이 때문에 형식적으로는 논문 쓰기를 위한 몇 가지 훈련을 제안하는 경우가 많다. 즉 교수는 문장기술이나 체제뿐만 아니라, 인용과 주석, 참고문헌의 작성 등을 요구하게 되는 것이다. 이 때문에 보고서에서는 자연스럽게 이러한 체제와 형식들이 글 속에 포함되는 것이 좋다. 나아가 객관적 내용들을 논거로 하여 결론부에서는 최종적인 자신의 생각을 함께 제출하는 것도 보고서 쓰기에서 중요한 대목이 된다. 물론 질적으로나 양적으로도 한편의 완성된 학술논문과는 차이가 있겠지만, 주장과 그에 대한 논거를 학습내용을 중심으로 제시하게 함으로써, 이후 대학 구성원들의 글쓰기 정수인 '논문 쓰기'로 자연스럽게 이어질 수 있도록 하려는 것이다.

다만 학술논문과의 차이를 가지는 점은 보고서가 독창성보다는 객관성에 더 무게를 둔다는 점이다. 학술논문이 연구된 결과를 중심으로 자신의 주장을 논증하는 과정이라면, 보고서는 아무래도 학습의 결과를 객관적으로 보고하려는 목적을 가지고 기술되는 경우가 많기 때문이다. 따라서 보고서에는 보고서의

'목적'이나 주제, 기간, 절차, 대상, 방법, 결과 등에 대한 구체적인 상황이 조목조목 드러나야 하며, 이것은 학술논문 쓰기와는 다른 양식의 글쓰기가 되는 이유이다. 나아가 결과에 이르는 과정에 대한 객관적이고 논리적인 접근의 기술은 보고서 쓰기에 있어서 가장 중요한 점이라고 말할 수 있겠다.

2. 보고서의 종류

보고서의 종류는 보고서를 기술하려는 대상, 방법, 형식 등에 따라서 나뉜다. 따라서 이와 같은 기준을 각각 교차시켜 보고서의 종류를 나누면 셀 수 없을 만큼 많을 수도 있다. 여기에서는 보고서의 종류를 나누어서 특징이 분명한 몇몇 경우를 중심으로 살펴보기로 한다.

1) 실험·관찰 보고서

실험·관찰 보고서는 관찰과 실험의 결과를 통해 도출된 결과를 보고하기 위해 쓰는 것이다. 따라서 이 보고서는 관찰과 실험의 결과 및 그러한 결과가 도출될 수 있게 된 과정과 경위에 대해서 세밀하게 보여주는 것을 목적으로 한다. 이를 위해 실험·관찰 보고서는 실험과 관찰의 과정으로부터 방법과 조건, 그리고 현상의 상황 등을 정확하게 기술해야 한다. 이것은 궁극적으로 그 글을 읽는 사람이 굳이 실험과 관찰을 하지 않더라도, 보고서를 통해 충분하게 내용을 파악할 수 있도록 하려는 것이다. 따라서 실험·관찰 보고서에서는 실험 및 관찰의 방법과 순서, 현장의 상황, 기타 실험 및 관찰에 영향을 미칠 수 있는 사안 등에 대해서 상세하게 기록해야 한다.

특히 실험·관찰 보고서는 객관적 보고서 쓰기의 정수라고 말할 수 있는데, 주로 자연과학적 글쓰기에 많이 이용된다. 따라서 여기에는 실험목적과 주제, 날짜, 장소, 실험 및 관찰 대상에 대해 정확하게 기술해야 한다. 동시에 실험 방법과 방법 설정의 이유 등을 분명하게 드러내 주고, 그 방법 속에서 이루어지는 결과들을 정확하게 기록해야 한다. 나아가 이러한 실험 및 관찰을 통해 최종적으로 도출되는 결과를 제시해 주어야 한다. 이와 같은 보고서에서 중요한 것은 객관성과 재현성이다. 특히 실험과 관찰 보고서는 특정 주제에 대한 논문 쓰기의 전 단계로서도 중요한 의미를 가지므로, 꼼꼼하게 기술하는 훈련을 해야 할 필요가 있다.

2) 답사 보고서

답사 보고서는 답사를 다녀온 후 그 결과를 기록에 남기고 보고하기 위해서 쓰는 것이다. 따라서 이 보고서는 답사 현장을 다녀오지 않은 사람이 보아도, 답사를 다녀온 것 이상으로 답사현장을 이해할 수 있도록 작성하는 것이 중요하다. 이를 위해 답사 보고서는 현장에 대한 세밀한 묘사와 중요 특징을 중심으로 기술하게 된다. 그런데 이러한 묘사와 특징을 단순히 나열식으로만 기술하게 되면, 본래의 목적에 도달할 수 없다. 답사를 가는 목적과 이유에 따라 현장에서 확인하려는 내용들이 있게 되는데, 이것은 곧 답사 보고서를 작성하는 중요한 기준이 된다. 따라서 답사를 행하는 목적과 그에 따른 보고서 작성의 기준이 먼저 설정되고 나면, 그것을 중심으로 드러난 특징과 현황들을 기술해야 한다. 즉 답사 보고서에는 답사를 행하는 관점과 그 관점을 통해 드러난 특징들이 분명하게 드러날 수 있도록 해야 한다는 것이다.

예컨대 서원을 답사한다고 가정할 경우, 여러 가지 관점과 기준들이 설정될 수 있다. 만약 고건축을 중심으로 한 답사 보고서라면 일반적 고건축을 설명하면서, 답사지의 고건축에 드러난 특징들을 중심으로 보고서를 작성하게 된다. 또한 서원의 학맥에 대한 답사라면, 학맥의 형성에 관련된 서원의 위치나 특징 등이 보고서의 중심 내용이 될 것이다. 이처럼 '무엇을 중심으로 보고서를 작성할 것인가'를 먼저 정하게 되면, 이것을 중심으로 그 특징들이 부각될 수 있도록 기술하게 된다.

따라서 답사 보고서는 보고서를 쓰는 사람의 관점 정리와 그것을 중심으로 한 세밀한 기술 능력이 필요하다고 말할 수 있다. 이를 위해서 답사의 목적과 답사의 장소, 그리고 답사 참여자 및 답사의 방법 등이 그 내용에 포함되어야 한다. 동시에 글로 표현하는 것보다 실제로 시각을 통해 보여주는 것이 효과적인 경우는 사진과 같은 영상매체를 이용하는 것도 좋은 방법 가운데 하나이다.

3) 조사 보고서

조사 보고서는 특정 내용에 대해 조사한 것을 보고하기 위한 글이다. 따라서 이 보고서는 특정 사안에 대한 심층적 조사 내용과 그 방법, 그리고 그것을 통해 취합된 최종 결과들이 수록된다. 주로 사회학 계열에서 많이 요구되는 보고서로, 탐문이나 설문, 또는 기타 조사 방법을 사용하게 된다. 이 보고서 역시 조사한 내용을 객관적 데이터로 만들어서 보고하는 것이 중요하며, 최종적인 판단은 보고를 받는 사람이 할 수 있도록 하는 것이 일반적이다. 물론 이를 위해서 보고서 결론은 다양한 예측 가능성과 의미들을 명시해 줌으로써, 보고를 받는 사람에게 판단의 용이성을 제공해 줄 필요가 있다.

특히 이 보고서에서 중요한 것은 '조사 방법'의 객관성을 확보하는 것이다. 예컨대 설문조사라면 객관을 담보할 수 있도록 설문 문항을 만들고, 그것을 중심으로 객관화된 조사 방법을 사용하는 것이 중요하다는 말이다. 따라서 설문조사의 경우 그 문항 및 설문을 통해 확보된 원자료 등이 반드시 함께 제출되어야 하며, 그것이 유발할 수 있는 오차 범위까지도 정확하게 제시해 주어야 한다.

4) 활동 보고서

활동 보고서는 단체나 개인의 활동을 통해 얻어지는 결과를 보고하기 위해 쓰는 글이다. 이것은 주로 특정 목적을 둔 활동을 통해 얻어지는 결과를 보고하려는 것으로, 주로 수업 효과에 반영시킬 목적으로 부과되거나, 혹은 활동 그 자체를 목적으로 하는 것들—수업 활동, 방과 후 활동, 기타 활동 등—을 실제로 실시해 봄으로써 얻는 효과들을 기술하려는 것이다.

이 보고서는 활동 내용과 그것을 통해 얻어지는 현상 및 결과들을 상세하게 기술하는 것이 중요하다. 이것은 특히 이론적으로 특정 활동에서 기대되는 예상치와 원인들을 분석한 상태에서 그것이 현장에서 어떻게 드러나는지를 관찰하고, 그 결과를 기술하는 방법들이 많이 사용된다. 이를 위해서 활동 보고서에서는 활동의 목적과 활동 주제, 활동의 방법, 팀을 나누는 방법과 팀의 성격 및 팀 구성원의 성격과 역할까지도 세밀하게 기술해 주어야 한다.

5) 학습 보고서

학습 보고서는 수업 이외의 시간에 학생 스스로가 학습을 할 수 있는 과제를 줌으로써, 학습 성취를 이룰 목적으로 교수자가 학생들에게 내어 주는 보고서이다. 따라서 이 보고서의 성패는 학생들이 얼마나 학습 성취를 목적으로 한 교수자의 요구에 부응하는가에 달려 있다. 학습 보고서는 그 자체로 학습을 진작시킬 목적에서 이루어지기 때문에, 수업의 성격에 따라 독서 보고서나 실험·관찰 보고서, 조사 보고서 등이 많이 출제된다. 따라서 형식과 내용에 있어서는 기존의 보고서들과 큰 차이가 없다고 말할 수 있다. 다만 목적 자체가 수업의 연장선에서 이루어지는 만큼, 여기에 충실하게 보고서를 작성할 필요가 있다.

3. 보고서의 형식과 내용

앞에서도 말했던 것처럼 보고서의 형식은 각각의 보고서 양식에 따라서 다르다. 다만 모든 글이 그렇듯, 보고서 역시 그 글을 읽는 사람의 입장에서 기술하려는 자세가 필요하다. 보고를 하는 사람의 입장에서 글을 쓰는 것이 아니라, 보고를 받는 사람의 입장에서 내용과 형식적인 측면이 드러날 수 있도록 글의 체계를 잡고 기술해야 하는 것이다. 이러한 이유에서 보고서는 가능하면 목차를 분명하게 제시해 줌으로써, 보고받는 사람이 일목요연하게 전체 내용을 파악할 수 있도록 해주는 것이 필요하다. 동시에 단락과 글 내용 역시 한눈에 파악하기 쉽도록 배분하는 것도 중요하다.

이와 같은 원칙을 염두에 둔 상태에서 이번 단락에서는 보고서의 전체적인 형식과 체제를 살펴보기로 한다. 보고서는 일반적으로 표지와 목차, 그리고 본문 및 참고문헌의 형식으로 기술되는데, 보고서의 특성에 따라서 이러한 형식이 모두 포함되지 않을 수도 있고 필요한 내용이 더 첨가될 수도 있다. 다만 일반적으로 보고서에서는 이와 같은 형식이 주류를 이루게 되므로, 여기에서는 그러한 형식에 따라서 어떠한 내용이 배치되는지를 살펴보기로 하자.

1) 표지

보고서의 표지는 글의 제목과 제출자의 신원을 정확하게 밝힐 목적으로 기술된다. 분량이 작은 보고서가 아니라면, 가능한 한 따로 표지를 작성해 주는 것이 좋다. 보고서 표지에는 주로 제목과 제출자 신원이 표기되는데, 이것은 어떠한 보고서를 누가 제출했는지를 확인할 수 있는 범위 내에서 작성하면 된다. 특별하게 양식을 요구하는 경우는 그 양식에 맞게 쓰되, 그렇지 않다면 제출자가 누구인지를 정확하게 식별할 수 있도록 해 주면 된다. 그리고 보고서의 분량이 크게 많지 않은 경우는 목차를 표지에 기재해 주기도 하므로, 이것은 보고서 제출자가 판단할 필요가 있다. 다만 보고서의 표지가 눈에 띄게 할 목적을 가지고 너무 화려하거나 혹은 전체적으로 정렬된 느낌을 받지 못할 정도로 어지러운 경우는 감점 요인이 될 수 있으므로, 주의해야 한다.

2) 목차(차례)

보고서는 목차를 분명히 할 필요가 있다. 이것은 보고를 받는 사람의 입장에서 전체적인 글의 흐름이 어떻게 이루어지는지, 그리고 자신이 더 강조해서 보아야 할 부분이 어떠한 곳인지를 알 수 있게 해주는 것이다. 따라서 아주 짧은 보고서가 아니라면, 반드시 목차를 함께 제출해야 한다.

목차는 주로 제목과 서론 사이에 두어서 내용에 대한 대략적인 가늠을 할 수 있도록 하는 것이 좋다. 글 전체가 그렇게 길지 않은 경우에는 표지에 목차를 표시해 주기도 하고, 표지가 없는 경우에는 제목과 서론 사이에 삽입하기도 한다. 그러나 목차의 분량이 많을 경우에는 표지와 서론 사이에 따로 목차를 두기도 한다. 짧은 목차라면 상자 모양의 테두리선을 긋고 그 안에 작성하면 시각적인 효과까지 노릴 수 있다.

3) 본문

보고서의 본문은 서론과 본론, 그리고 결론의 3단 구성이 통례이다. 하지만 형식에 대한 특별한 요구가 있거나, 목차에 따른 단순 요약, 혹은 특별한 내용이 포함되어야 할 경우 등을 생각해 보면, 내용에 따라 얼마든지 다른 형식이 취해질 수 있다. 다만 일반적으로는 3단 구성이 통례이므로, 여기에서도 그에 맞추어서 내용을 살펴보기로 한다. 그 전에 우선 다음과 같은 일반적인 내용부터 먼저 확인해 보기로 하자.

첫째, 쪽수를 반드시 기재해 주어야 한다. 쪽수는 보고서 전체의 분량을 파악하기 위해서도 필요하며, 동시에 보고서 내용에 대한 토론과 지적을 위해서도 쪽수가 있어야 불편하지 않다. 또한 전체 형식이나 내용에 대한 첨삭이 필요한 경우에도 쪽수를 중심으로 해서 설명하는 것이 좋다.

둘째, 워드프로세스로 작성하는 보고서인 경우, 보고를 받는 사람의 입장을 고려하여 적절한 편집이 이루어지게 되면 훨씬 효과적인 보고서가 될 수 있다. 제목이나 목차와 같은 것은 눈에 좀 더 잘 띌 수 있도록 해 주고, 본론의 내용은 그에 따라서 적절하게 배분해 주는 것이 필요하다.

셋째, 본문을 작성할 때에는 항목을 적절하게 배분하여 논의의 균형을 맞추어야 한다. 항목을 구분하는 방식은 여러 가지가 있지만, 일반적으로 수문자식이나 숫자식, 장절식, 단락식 등을 많이 사용한다. 어떤 것을 사용할지에 대해서는 보고서의 특성에 따라 달라질 수 있지만, 항목 구분은 전체 항목의 선후 및 상하위 관계를 파악할 수 있도록 해주기 때문에, 전체적으로 통일시켜서 사용해야 한다. 간단하게 설명하면 다음과 같다.

① 수문자식

수문자식은 숫자와 문자를 번갈아 가면서 장과 절, 항 등을 표시하는 방법이다. Ⅰ, Ⅱ와 같은 로마 숫자는 장, A와 B와 같은 문자는 절, 그리고 1과 2 등 아라비아숫자는 항을 표시하는 것이 관례이다. 이것은 전체적으로 상위 구조와 하위 구조를 분명하게 구분하기 위한 목적으로 많이 사용한다.

```
Ⅰ.
  A.
    1.
        (1)
        (2)
    2.
        (1)
        (2)
```

② 숫자식

숫자식은 부호를 숫자만으로 표시하는 방식이다. 예를 들면 수문자식에서의 Ⅰ, Ⅱ는 한 자리 수 1과 2로, A와 B는 두 자리 수 1.1, 1.2로, 또 항 부호는 세 자리 수 1.1.1과 1.1.2 등으로 표시한다. 이러한 표기법은 특히 글 읽는 이로 하여금 전체 구조를 한눈에 파악할 수 있도록 하는 장점이 있다.

```
1.
  1.1
    1.1.1
    1.1.2
  1.2
    1.2.1
    1.2.2
```

③ 장절식

장절식은 '제1장', '제1절'과 같은 방식으로 부호를 대신하는 방법이다. 그리고 그 아래에는 일반적으로 수문자식으로 많이 사용한다. 이러한 방식은 주로 장문의 글에서 각 내용을 장과 절로 나누어 구분할 필요가 있을 때 사용한다.

```
제1장
 제1절
  1.
    (1)
    (2)
  2.
    (1)
    (2)
```

④ 단락식

단락식은 장(또는 절) 이해를 단락으로 구분하여 일련번호를 붙이는 방식을 말한다. 간혹 한글이나 영문 알파벳, 로마자, 아라비아숫자 등의 항목 구분 없이 통째로 글을 쓰는 경우가 있는데, 이와 같은 글은 읽는 사람이 편안하게 읽기 어렵기 때문에 특별한 경우가 아니라면 삼가는 것이 좋다.

1._____
2._____

4) 목차별 글쓰기

보고서는 그 특징에 따라서 다양한 형식으로 기술할 수 있지만, 앞에서 말한 것처럼 일반적으로 서론·본론·결론으로 이루어진 3단 형식을 취한다. 따라서 이와 같은 형식에 따라서 간단하게 목차에 따른 글쓰기가 어떻게 이루어져야 하는지 살펴보기로 한다.

(1) 서론 쓰기

서론은 일반적으로 문제제기를 하는 곳이다. 어떤 문제에 대한 것인지, 왜 이러한 문제를 다루는 것인지, 그리고 문제에 대한 범위와 접근 방법은 어떻게 이루어지는지 등의 내용이 서론을 통해 제시된다. 자연과학의 보고서인 경우는 주로 기존 연구 성과와 실험 및 관찰의 목적과 방법, 그리고 의의 등이 주 내용을 이루게 된다.

이와 같은 내용들은 결국 왜 이와 같은 보고서가 필요하며, 무엇을 목적으로 이와 같은 보고서가 작성되는지를 분명히 하려는 의도에서 집필된다. 나아가 전체 글이 지향하고 있는 문제가 무엇이며, 왜 그것이 문제가 되는지 등을 분명히 함으로써, 보고서가 가지는 의미와 특징들을 보고받는 사람에게 분명하게 알려 주기 위한 의도에서 집필되는 것이기도 하다. 따라서 정확한 문제제기와 그에 따른 분명한 범위 설정 등이 서론을 통해서 제기해야 할 문제라고 하겠다.

(2) 본론 쓰기

본론은 보고서의 중심 내용이다. 여기에서는 서론을 통해 제시된 문제를 중심으로, 보고서의 최종 주장이나 결론에 도달할 수 있는 논증 과정이 이루어진다. 특히 결론부가 자신의 주장으로 이루어지는 글이라면, 본론부는 왜 그러한 주장을 하는지에 대한 논거를 중심으로 치밀하게 논증하는 곳이기도 하다. 따라서 이와 같은 본론 쓰기에서 가장 중요한 것은 '논증력'으로, 전체 내용이 주장과의 논리적 형식에 따라서 기술될 수 있도록 해야 한다. 이러한 경우 본론의 목차와 내용은 전체적으로 논리적 형식이 잘 드러날 수 있도록 짜야 한다. 또한 자신이 인용하거나 참고한 자료에 대해서는 각주와 인용 표시 등을 통해 정확하게 밝혀줌으로써, 논거에 대한 보강이 충분하게 이루어질 수 있도록 기술한다.

또한 실험·관찰 보고서인 경우, 본론 내용은 주로 관찰과 실험을 통해 획득된 내용들을 상세하게 기술하거나 그 결과를 드러내 보여주는 것이 된다. 특히 이와 같은 보고서는 그 내용을 그대로 재현할 수 있는 '재현성'이 중요하므로, 실험과 관찰의 재료와 방법, 측정기기, 실험(관찰) 당시의 환경과 여건, 기타 실험이나 관찰에 영향을 미칠 수 있는 조건들을 모두 기록하고, 그에 따른 결과들을 상세하게 기술해야 한다. 또한 재료나 시료의 채취방법 및 실험의 주의사항, 개선점 등도 함께 기술함으로써, 이후 연구에서 시행착오를 줄일 수 있도록 해야 한다.

나아가 이를 통해 이루어진 연구 결과는 가능한 한 간결하게 정리함으로써, 보고를 받는 사람이 정확하게 내용을 파악할 수 있도록 해야 한다. 특히 여기에서 연구 결과는 솔직하고 정확하게 기록해야 한다. 자신이 의도한 결과를 두고 그쪽으로 해석을 유도하지 말아야 하며, 해석에 대한 객관성이 담보될 수 있도록 자료와 함께 정리해 주는 것도 필요하다.

(3) 결론 쓰기

결론은 최종적인 자신의 주장이나, 실험 및 결과를 통해 제출된 결과들을 일반화시켜 얻어낼 수 있는 내용들을 기술하는 것이다. 이를 위해서 결론은 본론 부분에서 제기되었던 문제를 간단하게 요약하고, 그것을 중심으로 최종적인 결론이 도출되고 있음을 보여준다. 나아가 서론에서 제기한 문제의 해결방안 및 자신의 의견을 종합해서 제시함으로써, 보고서 전체를 통해 하고 싶은 이야기를 최종적으로 기술하게 된다. 또한 이를 통해 파생할 수 있는 새로운 입장이나 앞으로의 전망 등을 기술하기도 한다.

자연과학 보고서의 경우 결론은 실험과 관찰을 통해 의도하고 얻은 바를 최종적으로 정리하는 부분이다. 이것은 특히 다양한 실험과 관찰의 결과들 속에 들어 있는 특징들을 일반화시킴으로써, 궁극적으로 자신이 말하고자 하는 결론을 도출시켜내는 방식이 동원된다. 여기에서도 본론부와 마찬가지로 그 연구 내용이 선명하게 드러날 수 있도록 작성해야 하며, 그 결과를 왜곡하거나 과장해서는 안 된다.

특히 결론부는 본론부에서 제시된 내용에 기반을 두고 내용이 정리되어야 한다. 본론부에서 이루어진 논거들을 중심으로, 그 논거들이 도출시킬 수 있는 결론만을 기술해야 한다는 말이다. 이것은 자연과학 보고서에서도 마찬가지이다. 본론부를 통해 제시된 내용들에 기반을 두고, 결론이 도출될 수 있도록 해야 한다.

4) 인용과 참고문헌

보고서에서도 인용과 참고문헌 역시 중요한 구성성분이다.
우선 보고서는 학술논문을 쓰기 위한 전 단계 작업이기도 하
며, 동시에 이를 통해 학술적 글쓰기를 익히려는 목적도 포함
된다. 따라서 보고서는 학술적 글쓰기에서 반드시 요구되는
학문의 '윤리성'을 위해 자신의 입장이 아니거나 다른 곳에서
인용해 오는 경우, 인용을 반드시 표시해 주어야 하며, 그에
따라서 참고문헌 역시 반드시 밝혀줄 필요가 있다.

또한 보고서는 기본적으로 다양한 논의를 중심으로 이루어
지기 때문에, 스스로 어떠한 논의 속에서 이 보고서가 작성되
고 있으며 어떠한 자료를 참고했는지 등이 잘 드러나야 한다.
이것은 인용을 통해 전체 내용을 밝혀주고, 참고한 문헌을 적
시해 줌으로써 드러날 수 있다.

(1) 인용

인용이란 다른 사람의 글에서 자신이 필요한 부분을 발췌해
오는 것을 말한다. 이렇게 인용을 하는 것은 다음과 같은 세
가지 목적에서 이루어지는데, 특히 텍스트를 분석 대상으로 하
는 인문과학 보고서에서 많이 볼 수 있다. 첫째는 권위 있는
입장을 인용해서 자신의 주장이 가진 타당성과 정확성을 보증

하기 위한 것이다. 이것은 주로 이미 충분하게 논증된 내용에서 결론부를 중심으로 인용하면서, 그것을 자신의 주장을 위한 중요 논거로 활용하는 경우에 많이 사용된다. 둘째는 다른 사람의 글을 해석하고 비판하기 위해 사용한다. 사실 인문과학에서 인용의 목적은 주로 여기에 있다. 자신이 해석하거나 비판하려고 하는 텍스트의 내용을 정확하게 인용한 후 그에 대해 비판과 해석을 하는 글쓰기가 일반적이기 때문이다. 세 번째는 자신의 주장과 같거나 혹은 다른 견해를 인용함으로써 논의를 분명히 하고 자신의 주장을 전개시킬 바탕을 마련하기 위한 경우이다.

인용을 할 때에는 그 인용문구가 '충분히 인용할 가치가 있는 것'이어야 하며, 또 반드시 필요한 경우에만 하는 것을 원칙으로 한다. 특히 해석이 잘못된 내용이나 고려할 가치가 없는 것을 인용하는 경우 보고서의 신뢰성을 해칠 수 있다. 그러나 인용문 자체가 너무 긴 것은 자기 보고서의 내용에 좋지 않은 영향을 미칠 수 있기 때문에 의미가 왜곡되지 않는 범위 내에서 가능한 한 짧게 인용하는 것을 원칙으로 한다. 그리고 인용은 가능한 한 원문에서 인용하는 것을 원칙으로 하되, 재인용하는 경우는 그것이 재인용임을 분명히 밝혀주어야 한다.

인용은 그 성격에 따라 크게 직접인용과 간접인용으로 나뉜다. 직접인용은 원문을 그대로 옮겨야만 그 뜻이나 표현을 훼

손하지 않고 전달되거나, 원문을 그대로 옮기는 것이 중요하다고 판단되는 경우에 사용한다. 특히 인문과학 보고서에서 타인의 글을 해석하고 비판하는 과정에서 분석 대상인 텍스트의 내용을 그대로 인용하는 경우가 많으며, 그 외에도 법조문이나 수학 공식, 혹은 특정 이론 등을 인용할 때 많이 사용한다. 직접인용은 짧은 경우 큰 따옴표(" ")를 붙여서 본문 중에 넣으며, 긴 인용문인 경우는 한 줄을 띄어서 새로 한 단락을 구성하는 것이 일반적이다.

간접인용은 그 성격상 문장이나 절 또는 전체의 논문까지도 그 내용의 요점만을 간추려 짧게 줄일 필요가 있을 때 한다. 또는 특정 저자의 이론이나 그가 사용한 용어 및 구절을 그 저자의 말을 빌리지 않고 자기 나름대로의 이해를 가지고 설명할 때 많이 쓴다. 여기에서 중요한 것은 원저자의 주장을 정확하게 전달할 수 있도록 해석해야 한다는 점이다. 이것은 특히 보고서를 작성하는 사람에 의해서 한 번 해석된 내용이 인용의 형태로 들어가는 것이기 때문에 그 해석의 객관성을 유지하는 것이 무엇보다 중요하다. 이 경우 인용부호를 따로 사용하지 않는 경우도 있고, 또 강조가 필요한 경우에는 간접 따옴표(' ')를 써 주기도 한다.

(2) 주註6)

주는 보고서나 논문에서 글의 내용과 직접적인 연관성이 떨어지지만, 글 전체 내용의 이해를 돕기 위해 보충하거나 부연설명을 할 때 따로 기술한다. 특히 학술적 글쓰기에서 주는 참고나 인용한 자료의 출처를 명확히 하는 과정에서 많이 사용된다. 이 때문에 주는 다른 사람의 견해나 사실에 대해 그 자료와 출전을 밝혀줄 경우나 혹은 앞뒤 부분 및 부록 등에 수록된 자료를 언급할 때 사용하기도 한다. 그 외에도 글의 내용을 보충하거나 부연설명할 때 사용하는 경우도 많다. 주는 특히 그 논문이나 보고서의 신뢰성을 보여주는 척도이기도 하다.

주는 각 페이지 하단에 위치하는 각주脚註가 있으며, 글의 끝에 위치하는 미주尾註, 그리고 본문의 내용 안에 붙이는 본문주本文註가 있다. 각주는 주가 본문 하단에 있기 때문에 읽는 사람이 참조하기가 쉬워서 학위논문이나 일반 학술논문 등에서 일반적으로 많이 사용된다. 미주는 저자의 입장에서는 주가 필요하지만 독자층은 주로 본문만 읽고자 하는 경우에 사용된다. 본문주는 주를 위해 별도의 지면을 할애할 필요 없이 본문 속에서 간단하게 저자와 출판연도 등을 언급하고,

---

6) 각주에 대한 실례는 '논문 작성법' 각주 부분을 참조할 것.

'참고문헌목록'에서 상세한 서지사항을 밝혀주는 방법으로 사용된다. 간단한 학습보고서의 경우에 많이 사용되지만, 본문의 내용을 읽어 나가는 데 장애가 된다는 약점도 있다.

자료 출처를 확인시켜 주는 경우에는 저자 이름과 책 제목, 판수, 출판사항 등을 중심으로, 다른 사람이 그 자료를 다시 찾아볼 수 있도록 서지사항을 알려주면 된다. 이와 같은 자료는 각 분야별로 기재하는 요령과 방법들이 있으며, 그에 따라서 정확하게 기술해 주어야 한다.

(3) 참고문헌

참고문헌은 보고서를 다 쓴 이후에 자신이 참고한 책이나 글 등을 기재해 줌으로써, 그 글의 객관성과 신뢰성을 확보하기 위한 것이다. 그 외에도 보고서를 기술하면서 중요하게 참고했던 책이나 기타 자료들을 명시해 줌으로써, 이후 자신의 보고서가 주로 어느 논의의 연장선에서 이루어지고 있는지를 보여준다. 또한 좀 더 자세한 내용을 살펴보려는 독자들에게 많은 자료를 안내해 주는 역할을 하기도 한다.

특히 참고문헌에는 자신이 인용했거나 주에 표기되었던 자료들은 반드시 기재해 주어야 한다. 논문인 경우에는 인용되었던 자료만을 참고문헌에 기록하게 하는 경우도 있다. 참고문헌은 주에서 표기하는 양식과는 차이가 있는 경우가 많다. 일반적으로 주와 참고문헌의 표기는 다음과 같은 차이가 있다.

[단행본의 경우]
주: 홍길동, 『강화도의 일기』(서울: 문학출판사, 1999), 17쪽.
참고문헌: 홍길동, 『강화도의 일기』, 서울: 문학출판사, 1999.

[번역본의 경우]
주: 막스 베버, 『강화도의 일기』, 홍길동 역(서울: 문학출판사, 1999), 19쪽.
참고문헌: 막스 베버, 『강화도의 일기』, 홍길동 역, 서울: 문학출판사, 1999.

[학술지 발표 논문인 경우]
주: 홍길동, 「강화도에 대한 연구」, 『역사학 연구』 29집(서울: 한국 사학회, 1999.3), 29쪽.
참고문헌: 홍길동, 「강화도에 대한 연구」, 『역사학 연구』 29집, 서울: 한국 사학회, 1999.3.

4. 보고서 작성 순서와 방법

보고서는 학술적 글쓰기를 배워가는 학생들이 일반적으로 많이 쓰게 된다. 이 때문에 구체적인 작성 방법은 논문 작성법과 크게 다르지 않지만, 내용에 있어서 논문에 비해 객관성을 중시하는 특징을 가지고 있다. 이를 위해 보고서는 주제 설정, 자료 수집(답사)과 정리, 구성과 개요 작성, 집필, 고치기(퇴고)와 같이 다섯 단계로 나누어서 작성하게 된다. 좀 더 구체적으로 작성의 내용과 방법을 살펴보면 다음과 같다.

첫째, 글의 주제를 분명하게 제시해야 한다. '무엇을 쓸 것인가' 하는 것이 보고서의 주제에 해당한다. 무엇에 대해 쓰는지 명확하지 않을 경우 보고서의 구성과 논지는 산만해질 수 있다.

둘째, 주제를 뒷받침할 수 있는 믿을 만한 '자료'를 수집해야 한다. 여기서 자료란 주제를 논증해 나가는 데 필요한 인적, 문헌적, 물질적 바탕이라고 할 수 있다. 이 단계에서 필요한 것이 '구조 짜기'이다.

구조 짜기는 보고서를 쓰기 직전의 마지막 단계이다. 글의 구조를 얼마나 섬세하고 치밀하게 짰는가, 그렇지 않은가에 따라 보고서의 내용이 결정된다. 글의 구조에는 보고서가 완성되었을 때 예상되는 순서, 그러한 내용에 접근하기 위한 구체적인 방법 및 자료의 출처, 그리고 가능한 범위 안에서의 참고문 헌 등이 들어가 있어야 한다. 대학에서는 주로 학습 보고서, 독서 보고서, 답사 보고서, 실험·실습 보고서가 활용된다는 점을 고려할 때 작성자가 각각의 성격에 맞는 자료들을 적절하게 취사선택하여 개요를 작성하는 안목이 필요하다.

셋째, 보고서에는 보고 대상에 대한 취지와 범위, 방법 등이 명확하게 제시되어야 하며, 또 그 내용을 체계적으로 분류해 주어야 한다. '3단 구성'을 택하는 보고서의 형식에 비추어 그 내용을 분류하면 다음과 같다. 도입에는 다루고자 하는 문제나 대상의 범위 및 성격, 이론이나 방법 그리고 그 밖의 필요한 예비 사항들이 포함되어야 한다. 다만 도입부에서는 앞으로 전개될 글의 구체적 내용을 본격적으로 다룰 필요는 없으며, 분량도 너무 길지 않도록 적절하게 조절해야 한다.

본론에서는 다루려고 하는 보고서의 내용을 본격적으로 빠짐없이 논의하는 단계이기 때문에 항목별로 나누어 치밀하게 분석하고 논증해 나가야 한다. 이 과정에서 수집된 자료 가운데 작성자의 논지를 뒷받침할 만한 좋은 자료가 있다면 적절하게 인용하는 것도 필요하다.

마무리 단계인 결론에서는 본론의 논의를 통해 드러난 내용을 간추려 정리한 다음, 작성자의 생각을 종합하여 결론을 제시한다. 이때 서론에서 제기한 문제에 대해 작성자 자신의 주장이나 해결책이 제시되어야 한다. 서론에서 제기하고 본론에서 주장한 내용들에 대한 처리방안이나 의견 및 앞으로의 전망 등을 구체적으로 제시함으로써 보고서 작성의 궁극적인 목적과 의의를 밝혀야 한다.

넷째, 보고서를 작성할 때에는 본문 중에 인용한 자료들에 대해 주석을 정확하게 달아 주어야 한다. 동시에 본문에 모두 기록할 수는 없지만, 전체 내용의 이해나 기타 목적을 가지고 보충 설명을 해야 할 때도 주를 달아 준다.

다섯째, 결론까지 다 작성하고 나서는 보고서의 끝에 참고한 자료들을 일목요연하게 제시해 주어야 한다. 이것은 참고문헌을 정확하게 기재해 주는 방법을 통해서 드러나게 된다.

1. 비평문의 성격

비평문批評文이란 말 그대로 특정 사안에 대한 평가를 내리기 위해 쓰는 글이다. 비평문 역시 대표적인 논증적 글쓰기 가운데 하나로, 그 성격이 보고서처럼 논문과 많은 유사성을 가지고 있다. 또 논문 역시 비평적 입장에서 쓰이는 경우도 있기 때문에, 어떠한 경우에는 논문의 한 종류로 이해되기도 한다. 다만 논문은 '지식의 확장을 위해 자신이 연구한 내용을 학자들과 공유할 목적'으로 기술된다면, 비평문은 특정 대상(예술작품이나 정치, 시사 등)에 대한 정확한 평가를 위해 기술된다.

비평문은 비평하고자 하는 대상에 따라 조금씩 내용이 다르기는 하지만, 주목적은 그에 대한 '평가'이다. 이것은 예술작품이나 정치 및 시사적인 문제에 대한 개인의 감상과 생각의 차원을 넘어서, 그에 대한 가치와 의미 등을 '공적公的'으로 모든 사람과 공유할 목적을 가지고 기술된다. 즉 개인적 차원에서 이루어지는 감상과 품평의 단계를 넘어 그것이 가진 가치를 객관적인 기준에서 평가하려는 것이 바로 비평문이라는 말이다. 이러한 점에서 '감상문'과 '비평문'은 차이가 있다.

비평문은 비평 대상이 되는 작품이나 사건, 사실 등에 대한 자신의 평가를 '주장'의 형태로 제시하게 된다. 그리고 나아가 왜 그러한 평가를 내릴 수밖에 없는지에 대한 논거를 본론에서 정리해 주는 형태로 기술된다. 여기에서 많은 사람들이 그러한 논거를 받아들이면 그것을 통해 비평 대상에 대한 평가는 공적인 지위를 획득하게 된다. 이를 위해서 비평문은 주로 비평 대상이 추구하는 '이상적 상태'나 그것을 통해 얻을 수 있는 '공적 가치' 등을 평가의 '기준'으로 설정하고, 그 기준을 중심으로 비평 대상을 분석하게 된다. 그리고 이러한 분석을 통해 최종적으로 작품에 대한 '평가'를 결론의 형태로 제시하게 되는 것이다. 따라서 '기준'과 '비평 대상에 대한 분석'은 모두 객관적이어야 하며, 이러한 조건이 충족되어야 비로소 자신이 내린 평가가 객관적 지위를 획득하게 된다.

이 때문에 비평은 주로 그 분야의 전문가들에 의해서 이루어지는 경우가 많으며, 따라서 비평문은 그 자체로 전문적인 글이라고 말할 수 있다. 특히 예술분야는 비평이 가장 많이 이루어지는 분야로, 비평을 통해 주관적 감상에 머무를 수 있는 내용들이 전문적 감상자인 비평가에 의해 객관화된 가치를 획득하게 된다. 그리고 이것은 곧 예술의 객관적 감상척도와 가치를 결정하는 것으로 이행된다.

2. 비평문의 종류

비평문은 비평 대상과 그 목적에 따라서 여러 종류로 구분된다. 그러나 우리는 그 모든 것을 전부 다룰 수 없기 때문에, 여기에서 흔히 접하게 되는 몇몇 비평문들을 중심으로 그 종류와 특징들을 살펴보기로 한다.

1) 논평문

논평문은 논문을 비평하기 위해 기술되는 글이다. 이것은 특히 학술대회에서 다른 사람의 논문에 대해 평가하고, 그것을 중심으로 논의가 확장될 수 있도록 하려는 목적을 가지고 기술된다. 이 때문에 논평문은 그 비평의 대상이 주로 '논문'이다. '지식의 확장'을 목적으로 하는 논문이 가진 논리성과 그 내용들이 주 비평의 대상이 되는 것이다. 따라서 논평문은 특정 논문이 일반적 지식으로 기능할 수 있을지 없을지를 검증하는 것이며, 이것은 궁극적으로 새로운 지식의 확장을 위한 일종의 검증과정이라고 말할 수 있다. 나아가 새로운 입장이나 논의의 확장 가능성까지도 논평문을 통해 제시되는데, 이것은 이후 새로운 논의를 이끌어 내는 데 중요한 역할을 하기도 한다.

논평은 크게 두 가지 내용으로 이루어진다. 하나는 논평 대상이 되는 논문의 내용을 정확하게 기술해 주는 것이다. 즉 비평 대상이 되는 논문의 주장과 그에 대한 논거들을 명확히 제시해 줌으로써, 그 논문의 논리 형식과 내용을 정확하게 파악할 수 있도록 할 필요가 있다. 이것은 논평 대상에 대한 정확한 내용이해가 이루어졌음을 보여주고, 그 내용을 중심으로 평가를 내리기 위한 작업이기도 한다.

이렇게 내용 이해가 이루어지고 나면 이제 그에 대한 평가가 이루어진다. 논문에 대한 평가 역시 크게 두 부분으로 접근할 수 있다. 정확한 내용이해라는 것은 그 논문이 가지고 있는 주장과 근거를 분명히 한 것으로, 이것은 논증 형식으로 치환시켜 낼 수 있다. 이렇게 논증 형식으로 치환되고 나면, 평가는 두 부분으로 이루어질 수 있다.

하나는 논거가 주장을 직접적으로 보증하지 못하는지 그렇지 않은지를 검토하는 것이다. 이것은 논문의 논리적 형식에 대한 평가이다. 그리고 또 다른 하나는 논거가 참인지 거짓인지를 검토해 보는 것이다. 이처럼 논문에 대한 비평은 논리적 연계관계를 중심에 두고 이루어지는 것으로, 논증 형식에 대한 검토와 논거의 진실성 여부 검토가 중심을 이루게 된다. 논문이란 적절한 논증 형식을 갖추어야 하고, 동시에 논거 역시 참이어야 한다는 조건으로 기술되는 것임을 재확인시켜 주는 것으로, 논평문은 바로 이러한 논문의 내용을 검증할 수 있는 시스템인 것이다.

2) 예술 평론

예술 평론은 이미 발표되어 있는 예술작품들, 예컨대 미술이나 음악, 영화, 문학 등과 같은 예술적 텍스트를 대상으로 하여, 그에 대한 평가를 내리는 글이다. 다양한 예술작품들은 이미 그것을 지은 저자에 의해 한 번 해석된 내용이다. 즉 예술적 활동 자체가 이미 특정 텍스트에 대한 해석이라는 것이다. 따라서 예술작품에 대한 평가는 이 같은 저자의 의도를 정확하게 읽어내고, 그것이 어떠한 예술적 가치를 가지고 있는지 '객관적 기준'을 가지고 평가하는 행위이다. 예술 평론이란 바로 이와 같은 평론가의 글쓰기 활동이다.

따라서 예술 평론은 예술 감상의 일종이지만, 개인적 감상의 차원을 객관적 평가로 치환시켜 내는 작업이라고 말할 수 있다. 이를 위해서 예술 평론은 우선 예술적 활동을 통해 드러난 작품과 그것을 표현하려고 했던 작가에 대해 정확하게 이해함으로써, 평론 대상이 되는 텍스트를 분명하게 정의하는 작업이 선행된다. 그리고 이러한 텍스트를 평가할 수 있는 평가 기준을 세우게 된다. 여기에서 이 평가 기준은 대부분의 사람들이 동의할 수 있는 '객관적 기준'이어야 하며, 이러한 기준의 객관성 여부에 따라서 평론글은 단순한 개인의 감상 차원을 떠나 객관적 평가를 위한 글쓰기로 진입할 수 있게 된다. 그리고 이러한 기준을 통해 예술작품에 대한 평가와 더불어 그것이 가진 가치와 의미까지도 객관적으로 드러낼 수 있게 되는 것이다.

예술 평론은 그 종류에 따라 미술 평론과 음악 평론, 그리고 문학 평론 및 연극·영화 등에 대한 평론으로 나눌 수 있다. 이것은 비평의 대상에 따라 나눈 것으로, 각각의 평론은 각 분야의 전문적인 식견과 감상 능력을 요구한다. 따라서 전문적인 평론가가 되기 위해서는 그 분야에 대한 전문적인 식견과 논리적으로 글을 구성하고 쓸 수 있는 두 가지 능력을 모두 갖추어야 한다.

3) 시사 및 정치 평론

평론의 대상이 예술 분야에 한정되어 있는 것은 결코 아니다. 현대인의 삶에 직접적 영향을 미치는 시사 및 정치적인 문제 역시 중요한 비평의 대상이 되기 때문이다. 시사 및 정치 평론은 바로 이와 같은 문제들을 비평의 대상으로 삼는 글쓰기이다.

시사나 정치적인 문제는 일반인들의 삶과 직접적으로 연결되어 있으며, 그 속에는 다양한 이익관계나 윤리적 판단이 필요한 내용들이 집단과 개인의 이해관계와 더불어 대치하고 있다. 따라서 그에 대한 정확한 판단은 '논리적 관계'에 따라서 이루어질 필요가 있으며, 이를 통해 합리적인 사회를 만들어 갈 수 있다.

시사 및 정치 평론은 이와 같은 이유에서 이루어진다. 평론 글쓰기가 대부분 그렇듯이, 정확한 기준을 제시하고 그 기준에 따라서 평가가 내려지는 글쓰기이다. 시사 및 정치 평론 역시 특정 시사 문제나 정치 문제에 대한 객관적인 기준을 먼저 제시하고, 그 기준에 따라서 비평 대상을 분석하는 것으로부터 시작된다. 여기에서 기준은 평가를 하는 사람이 공적으로 동의를 얻기 위해 제시하는 기준으로, 그것에 대한 독자들의 동의 여부가 평론의 객관성을 결정하게 된다.

이와 같은 기준이 제시되면, 그에 대한 분석 내용을 중심으로, 시사나 정치적인 문제에 대한 자기주장을 평가의 형태로 제시할 수 있게 된다. 이렇게 함으로써 시사적인 문제나 특정 정치 행위가 특정 기준을 통해 보았을 때 어떤 의미와 문제를 내함하고 있는지를 드러낼 수 있게 되며, 이를 통해 합리적인 사회를 만들어 가는 초석을 다질 수 있게 된다.

3. 비평문의 형식과 내용

비평문은 논문이나 보고서처럼 어느 정도 정해진 형식에 맞추어서 써야할 필요는 없다. 다만 비평문 역시 기본적으로 논증 형식에 따라 이루어지는 글쓰기이므로, 논증의 형식은 분명하게 드러날 수 있어야 한다. 즉 특정 사안에 대한 자신의 주장과 그것을 보증하는 논거들이 반드시 배치되어 있어야 한다는 말이다. 그리고 글의 도입부가 제시된다면, 논문이나 보고서에서 일반화되어 있는 서론, 본론, 결론부의 3단 구성이 이루어지게 된다. 다만 그것이 보고서나 논문처럼 형식적으로 정확하게 구분돼야 할 필요는 없다. 따라서 비평문 속에 반드시 포함되어야 할 내용들을 중심으로 그 형식과 내용이 어떠해야 하는지를 살펴보기로 하자.

1) 비평 대상에 대한 정확한 이해

비평은 이미 발표되어 있는 다른 문학이나 기타 예술방면의 텍스트, 또는 시사 및 정치적 사안을 그 대상으로 한다. 따라서 비평 대상들에는 이미 그것을 만들어 낸 저자의 의도나 생각 등이 담겨 있으며, 시사 및 정치적 사안 역시 그것이 진행되었던 내부적 이유와 그것을 주도했던 사람들의 의도와 생각이 들어 있다. 비평문이란 이처럼 이미 저자에 의해서 해석된 내용들을 재해석하는 과정에서 기술되는 것이므로, 우선 저자에 의해서 해석된 내용들을 정확하게 이해하는 것이 선행되어야 한다.

따라서 먼저 텍스트에 대한 이해가 간략하게 정리된 형태로 제시되어야 한다. 비평의 대상이 논문이라면, 논문의 최종 주장과 그것을 위한 논거들을 중심으로 논문을 정리해야 한다. 그리고 그것을 중심으로 논거와 주장 간의 논리적 정합성 및 논거들의 진실성 여부를 살펴볼 필요가 있다.

또한 예술 평론은 예술작품 속에 드러난 작가의 의도와 그것이 보여주는 형태에 대한 정확한 기술이 우선되어야 한다. 이것은 시각 예술이나 청각 예술 등과 같은 형식을 통해 드러나 있는 작가의 의도와 생각 등을 글을 통해서 새롭게 제시하는 과정이다. 이 때문에 평론가는 기본적으로 예술작품을 바라보는 안목과 글쓰기 모두에 있어서 수준 높은 이해를 하고 있어야 한다. 특히 여기에서 중요한 것은 작가의 의도와 작가의 작품세계, 그리고 그것이 어떠한 표현양식으로 드러났는가에 대해 평론글을 쓰는 사람이 먼저 이해하고 그것을 글로 기술해 내는 것이다.

시사나 정치 평론의 경우라면 평론가가 먼저 파악해야 하는 것은 특정 사건에 대한 내용 이해와 그 속에 들어 있는 역학 관계 및 의미 등을 포함한다. 그리고 이러한 내용을 비평해야 할 내용들을 중심으로 글로 기술해야 한다. 결국 예술평론과 마찬가지로 자신이 분석 대상으로 하는 텍스트에 대한 수준 높은 이해가 선행되어야 하며, 이것을 중심으로 제대로 된 평가가 가능해진다는 말이다.

다만 여기에서 주의할 것은 내용을 정리할 때 단순하게 나열식으로 정리하는 것은 피해야 한다는 사실이다. 특정 대상을 비평할 때에는 비평자의 비평각도와 입장들이 있게 마련이다. 따라서 내용 정리 역시 이러한 비평의 각도와 입장이 정확하게 드러날 수 있도록, 비평과 각도와 입장에 따라 이루어져야 한다. 그러므로 예컨대 비평의 항목들이 있다면 그것을 중심으로 내용을 정확하게 정리해 주어야, 이후 분석과 그에 따른 비평에 부합되는 내용 소개가 될 수 있다. 따라서 내용 소개 역시 비평의 각도와 입장을 염두에 둔 상태에서 접근해야 한다.

2) 비평 대상 분석을 위한 객관적 기준의 설정

비평 대상에 대한 내용 이해가 이루어졌다면, 그 다음은 그것을 분석할 수 있는 '객관적 기준'을 설정해야 한다. 이것은 비평의 객관성을 확보하기 위한 것으로, 누구나 용인할 수 있는 기준의 설정을 통해 그 비평을 설득력 있게 만드는 과정이다. 따라서 각각의 비평 대상에 맞는 기준을 설정해서 그것을 독자들에게 설득시키고, 이를 중심으로 비평 대상을 분석해야 한다.

예컨대 미술 작품에 대한 평론이라면 좋은 미술 작품이 될 수 있는 객관적 기준이 분석 기준으로 제시되어야 한다. 구도나 색감과 같은 기초적인 것으로부터 좋은 미술작품이 될 수 있는 기준들을 명확하게 하고, 왜 그것이 미술 작품을 평가하는 기준이 될 수 있는지를 논증해야 한다. 이것은 문학이나 음악, 사진과 같은 대부분의 예술 장르에서 동일하게 적용되는 기준이라고 말할 수 있다. 이와 같은 논의는 주로 각 예술 장르의 '본질'을 정리함으로써 확립될 수 있는데, 이것은 해당 장르에 대한 폭넓은 지식과 연구를 통해서 확보될 수 있다.

이에 비해 논문에 대한 논평문이라면 그 기준은 논리성에 있다. 이것은 주장에 대한 논거가 형식에 맞아야 하며, 동시에 제시된 논거가 '사실(참)'이어야 한다는 것을 의미한다. 따라서 논평문에서 비평 대상 분석을 위한 객관적 기준의 설정은 그 논문이 가지고 있는 논증 형식에 대한 논리적 합리성이라고 말할 수 있다.

그러나 시사 및 정치 평론에서 객관적 기준은 평가하려는 입장에 따라 달라질 수 있다. 예컨대 특정 시사 문제에 대한 윤리적 비평이라면, 그 문제가 가지고 있는 윤리적 당위가 객관적 기준이 될 수 있다. 또한 정치적 행위에 대한 비평이라면, 그 정치적 행위가 목적하는 바나 이상적인 정치 행위 등을 기준으로 삼으면 된다. 이러한 기준은 이후 비평 대상을 분석하여, 그것이 가진 의미나 입장들을 정리하는 데 사용된다.

결국 비평이란 비평의 대상에 대한 객관적 기준을 설정하고, 그 기준에 따라서 비평 대상이 어느 정도에 도달해 있는지를 평가하는 것이다. 그러므로 객관적 기준의 설정은 비평 대상을 평가하기에 앞서 가장 먼저 선행되어야 할 작업이라고 말할 수 있다. 특히 이것은 비평이 단순한 감상에 머물지 않고, 객관적으로 용인받는 논증적 글이 되기 위한 필수적 사안이다. 따라서 특정 사안에 대한 평론을 위해서는 그것에 대한 전문적인 식견과 입장을 가질 수 있도록 노력해야 한다.

3) 기준에 따른 비평 내용에 대한 분석

　내용을 정확하게 파악했고, 그것을 분석할 수 있는 기준이 마련되었다면, 이제 그 기준에 따라 비평 내용을 분석하는 일이 남아 있다. 여기에서 비평 대상에 대한 분석은 앞에서 제시했던 객관적 기준을 잣대로 하여 이루어져야 한다. 예컨대 음악 평론에서 화음이나 멜로디가 분석을 위한 기준으로 제시되었다면, 비평 대상에 대한 분석 역시 화음이나 멜로디를 중심으로 그러한 기준에 부합되는지 어떤지를 살펴보아야 한다. 그러므로 특정 기준을 제시하였다고 해도, 실제 분석 내용이 그 기준에 따라 이루어지지 않는다면, 객관적 기준은 아무런 의미도 없는 글이 된다. 동시에 분석 내용 역시 기준과 전혀 상관없이 이루어지기 때문에 객관성을 확보할 수 없게 된다. 그러므로 내용 분석은 제시된 기준에 따라 이루어져야 한다.

　논평문인 경우에 내용 분석은 '논리성'에 따라서 이루어져야 한다. 논문은 특정한 주장을 위해 다양한 논거를 제시한다. 따라서 논거와 주장은 직접적으로 관련되어 있어야 하며, 논거가 참이라면 주장은 필연적으로 참이거나 혹은 참일 개연성이 높아야 한다. 그리고 논거는 그 자체로 참이어야 한다. 논평문에서 내용 분석은 바로 이것을 살피게 된다. 그래서 주어진 논거를 기준으로 할 때 논문을 쓴 저자의 주장과 다른 결론이 도출될 가능성은 없는지를 살펴보게 된다. 즉 논거와 주장 간의 형식을 정확하게 확인해서 분석하는 것이다. 그리고 또 다른 하나는 논거의 진실성이다. 즉 저자가 자기주장을 위해 제시하고 있는 논거들이 '참'인지를 검토해 보는 것이다.

예술 평론인 경우에는 주어진 예술에 대한 관점을 중심으로 비평 대상을 분석하게 된다. 즉 예술작품의 조건들을 제시하고, 비평 대상이 되는 작품에 그것이 어떻게 드러나고 있는지를 분석하는 것이다. 그래서 실제 기준에서 못 미친다면 좋은 평가를 내릴 수 없으며, 기준에 부합되는 조건들이 많다면 좋은 평가를 내릴 수 있게 된다. 이와 같은 분석력은 비평자가 갖추어야 할 중요한 능력 가운데 하나이다. 이러한 비평의 방법은 시사 및 정치 평론에서도 마찬가지이다. 기준을 중심으로 비평하고자 하는 대상을 분석함으로써, 그것이 가지고 있는 의미나 문제점 등을 적시할 수 있게 된다.

4) 비평 대상에 대한 자신의 주장

이와 같이 비평 대상에 대한 분석이 끝나면, 이제는 비평 대상이 가지고 있는 의미와 가치, 그리고 문제점 등을 주장의 형태로 제시할 수 있게 된다. 그리고 이것은 결론부를 통해 비평자의 자기주장으로 드러나게 된다. 이와 같은 비평은 단순한 감상의 단계를 넘어, 보편적 원칙을 가지고 개별적인 사안이나 작품 등을 분석한 것이기 때문에, 그 가치에 대한 객관성을 획득할 수 있다. 따라서 비평자는 이와 같은 작업들을 통해 그에 대한 평가를 자기의 주장 형태로 제시하게 된다. 결론부에서는 바로 이와 같은 내용들이 중심을 이루게 되며, 이것을 통해 작품에 대한 평가가 이루어진다.

4. 기타

1) 비평문의 구성

비평문의 구성은 앞에서 말한 것처럼 서론, 본론, 결론 형식을 갖춘 3단계의 구성을 취하는 것이 좋다. 서론부는 왜 이러한 비평을 하게 되었으며, 어떠한 이유에서 그러한 비평 대상을 문제로 삼는지를 제시해 주어야 한다. 대상의 선택 동기와 대상을 비평함으로써 예상되는 의미 등이 서론부에서 기술되는 것이다.

본론에서는 앞에서 보았던 내용들이 구체적으로 기술되는 곳이다. 우선 비평 대상을 분석하기 위한 정확한 내용 소개와 분석 기준들이 제시되고, 그 기준에 따라서 비평 대상들을 조목조목 분석한 내용들이 본론에 배치되는 것이다. 그리고 이를 통해 제시된 부분별 결론들을 하나로 모아서 일반화시킬 수 있도록 논증해야 한다. 특히 여기에서 주의할 점은 앞에서도 말했던 것처럼 분석을 염두에 둔 내용 이해와 그것을 분석할 수 있는 정확한 기준의 제시, 그리고 기준에 따른 내용 분석을 통해 전체적으로 일관된 기준에 의한 논리적 서술이 이루어져야 한다는 것이다. 그리고 결론에서는 이와 같은 내용들을 중심으로 비평 대상에 대한 총괄적인 평가가 이루어진다. 여기에서도 총괄적인 평가는 본론에서 논의되었던 것들을 논거로 해서 평가가 이루어져야 하며, 나아가 비평 대상에 대한 의의와 한계를 분명하게 정리해 주어야 한다.

그러나 비평문에서는 이와 같은 구성이 반드시 고정된 형태로 드러나야 할 이유는 없다. 비평문 자체의 특징이 완결된 논문 형태를 지향하고 있지는 않기 때문이다. 따라서 비평문의 특성에 따라 3단계의 틀에서 벗어난 창의적인 글쓰기도 가능하다. 다만 좀 더 객관성을 획득하기 위해서는 논증성을 가장 중심에 둔 글쓰기를 해야 한다는 점은 기억해 두어야 할 대목이다.

2) 비평문의 문체

비평문은 비평 대상에 대한 주관적 해석과 객관적 설득력을 동시에 갖추고 있는 글이다. 따라서 비평문의 언어는 그 글을 쓰는 사람의 개성이 드러나면서도, 그것이 독자에게 공감과 설득력을 얻을 수 있도록 객관성을 갖출 수 있어야 한다. 따라서 접근의 틀은 주관성의 범주 안에서 이루어지더라도, 객관적 기준을 제시하고 그에 따라서 내용을 분석하는 부분은 분명한 객관적 언어로 기술될 수 있어야 한다. 특히 비평문은 이미 발표된 내용을 텍스트로 삼는 글쓰기이기 때문에, 발표된 내용이 분명하고 정확하게 드러날 수 있도록 기술하는 능력이 필요하며, 그 글을 통해 독자와 작품 사이가 매개될 수 있어야 한다. 따라서 학술적인 글쓰기처럼 딱딱하고 형식적인 것에만 치우치기보다는, 주관적 감상자로서 가지고 있는 해석의 가능성이 글로 나타나는 것도 비평문에서는 그렇게 흠이 되지 않는다.

제3부 실용적 글쓰기

I. 실용적 글쓰기의 현대적 의미

　현대인에게 실용적 글쓰기는 매우 중요한 장르로 대두되고 있다. 글쓰기는 문자를 통한 의사전달이다. 특히 실용적 글쓰기의 영역에 있는 자기소개서, 이력서, 프레젠테이션 자료 작성 등은 자신이 가지고 있는 능력을 문자로 전달하는 능력을 요구하는 것이다. 사회의 구성원으로 살아가는 우리에게 글쓰기의 능력이 얼마나 중요한가를 인정하는 데는 별 이견이 없을 것이다.

　실용적 글쓰기가 가지는 현대적 의미에 대해서 정리해 보면 다음과 같다.

　첫째, 사회적으로 실용적 글쓰기에 대한 수요가 증대하고 있다. 현대사회는 점점 더 취업경쟁이 치열해지고 있다. 자신의 능력을 짧은 문서를 통해서 전달할 수 있는 능력이 요구되고 있다. 프레젠테이션을 위한 자료뿐만 아니라, 자기소개서와 이력서 등도 단순한 서류가 아니라 그 사람의 능력을 파악하는 결정적인 수단으로 작용하고 있다. 특히 실용적 글쓰기에서 다루는 글쓰기의 영역들은 현대 직장인이라면 누구나 경험하게 되는 서류 작성 능력과 처리에 대한 평가 기준으로 작용하고 있다. 실용적 글쓰기에 대한 사회적인 수요가 중대하고 있으며, 실용적 글쓰기에 대한 높은 수준도 요구되고 있다.

둘째, 사회적인 수요에 비해서 실용적 글쓰기 훈련을 제대로 받을 수 있는 교육환경은 열악하다. 그런 결과의 원인은 먼저, 영어교육과 입시 교육으로 교육적인 투자가 편중된 결과이다. 흔히들 영어 능력만 있으면, 좋은 학벌만 갖추고 있으면 좋은 직장을 가질 수 있다고 생각한다. 그러나 현실은 그렇지 않다. 누구나 탐내는 좋은 직장을 원하는 후보자들은 기본적인 능력은 누구나 갖추고 있다. 따라서 결정적인 차이는 갖추어진 실력을 얼마나 잘 표현할 수 있느냐에 달려 있다고 해도 과언이 아니다. 실용적 글쓰기 훈련이 제대로 되지 않는 또 다른 교육적 환경을 살펴보면, 실용적 글쓰기가 단기간에 형성되는 능력이 아니라는 점이다. 지속적인 과정을 통해서 노력을 기울이지 않으면 글쓰기 실력이 향상되지 않는다. 그럼에도 불구하고 체계적인 글쓰기 교육을 위한 교육환경은 미비한 것이 현실이다.

셋째, 실용적 글쓰기는 상대방의 감동이나 이해를 도출하는 것이 목적이 아니라, 자신의 능력을 부각시키고 장점을 전면에 내세우기 위한 전략의 하나이다. 그러므로 실용적인 글쓰기는 끊임없는 노력을 통해서 완전한 글을 쓰기 위한 투자를 해야 하는 부분이다. 실용적인 글쓰기는 문맥 속에서 의미를 파악할 수 있을 정도의 글쓰기 실력으로는 충분하지 못하다. 한 편의 글에서 완벽을 추구해야 하며, 그런 목적을 달성하기 위해서는 실용적 글쓰기에서 요구하는 조건을 잘 갖추어야 한다. 다시 말해서 실용적 글쓰기가 어떻게 구성되어야 하며, 어떤 기술을 통해서 전달의 효과를 높일 수 있는가에 대한 파악이 필요하다.

글의 종류에 따라서 좋은 글을 쓰기 위한 조건은 공통되는 부분도 있고 종류에 따라 다른 조건도 있다. 여기서는 실용적 글쓰기에서 좋은 글을 쓰기 위한 조건을 정리해 보자.

첫째, 충실성이다. 좋은 글은 의도에 합당할 만큼의 내용을 지녀야 한다. 여기서 말하는 충실성은 글의 길이보다는 내용의 충실성을 말한다. 충실한 글은 글을 쓰는 사람이 글의 제재에 대해 치밀한 사고와 풍부한 식견을 가지고 있을 때 가능하다. 지나치게 기교를 부리지 않고, 각 단락과 부분이 저마다 구실을 할 수 있는 글이 충실한 글이다. 물론 내용과 조화를 이루는 기교 또한 무시할 수 없는 요소이다.

둘째, 독창성이다. 글을 쓰는 개개인이 새롭고 독특한 것을 만드는 능력을 말한다. 독창성은 어떤 종류의 글에서도 중요한 의미를 가진다. 소재의 독창성, 주제의 독창성, 표현의 독창성 등이 있다. 그리고 소재, 주제는 독창적이지 않더라도 이것을 다루는 방법이나 전개의 각도, 또는 맺음말로 유도하는 방법이 새로우면 독창적이라고 할 수 있다. 실용적 글쓰기에서 자신만의 능력이나 조건을 100% 표현하면 독창성은 자연스럽게 확보할 수 있을 것이다.

셋째, 정직성이다. 글을 쓰는 사람이 스스로 글의 내용에 대해 독창성 여부를 분명하게 밝히는 것을 말한다. 인용한 부분에 대해서 구체적으로 밝히는 것이 중요하다. 실용적 글쓰기에서 정직성은 주로 작성한 내용에 대한 책임성과 관련된다. 자기소개서, 이력서 등은 작성한 내용이 당락의 결정적인 요건이 된다. 그만큼 성실하게 자신의 이력과 경험을 기술하는 것이 중요하다.

넷째, 성실성이다. 현학적인 과시나 과장된 수사가 눈에 띄지 않는 정성스럽고 거짓이 없는 글을 써야 한다. 성실성이 결여된 글은 상대방에게 신뢰감을 줄 수 없다. 자기소개서를 작성할 때, 글 솜씨를 과시하기 위해서 은유법이나 과장법을 지나치게 사용해서는 안 된다. 실용적 글쓰기에서 신뢰성이 중요한 만큼 성실성을 잘 지켜야 한다.

다섯째, 명료성이다. 글에서 전달하고자 하는 내용이 확실하게 파악되어야 한다. 글에서 전달하고자 하는 내용을 확실하게 알 수 없으면, 그 글은 독자에게 유의미한 글이 되지 못한다. 명료한 글을 쓰기 위해서는 국어의 체계, 문장의 구조를 잘 알고 있어야 한다.

여섯째, 경제성이다. 최소의 노력으로 최대의 효과를 거두는 것이 중요하다. 경제성이 잘 지켜지면 글의 명료성이 잘 드러난다. 경제성을 잘 지키지 못하면 다음과 같은 상황이 발생한다. 논리상 불필요한 말을 덧붙인다. 쓸데없이 동의어를 되풀이한다. 필요 이상의 낱말을 사용한다. 새로운 내용이 아닌데 길게 말한다. 지나치게 말이 많아서 산만하다. 내용에 비해 너무 많은 낱말을 구사한다. 완곡하게 쓰려다가 내용에 비해 많은 말을 쓴다. 완곡하게 쓰다 보니 지나치게 길어진다.

일곱째, 정확성이다. 글의 정확한 의미와 표준어법, 맞춤법, 띄어쓰기, 구두점 등은 밀접한 관계를 지닌다. 보편적으로 알고 있는 언어 사용의 규칙을 지킬 때에 비로소 글의 목적은 이루어질 수 있다. 실용적인 글쓰기에서 정확성을 담보하지 못하면, 글쓴이에 대한 신뢰감이 떨어질 수 있으므로, 특히 유의해야 한다.

여덟째, 타당성이다. 문맥의 적절함을 말한다. 문맥의 타당성은 시점의 타당성, 독자의 타당성, 목적의 타당성으로 구분된다. 시점에 따라서 1인칭 단수일 경우 쓰는 사람의 의지가 잘 드러나고, 1인칭 복수일 경우 공감대를 증대시키는 효과가 있다. 그리고 글을 읽을 독자를 고려하여 글쓰기를 할 경우 글의 타당성을 높일 수 있다. 실용적 글쓰기는 대부분 설명을 목적으로 한다. 그러므로 자기소개서를 작성할 때는 자기 자신의 능력이나 경험을 자세하게 설명한다.

아홉째, 일관성이다. 일관성은 글의 처음부터 끝까지 시점, 내용, 어조, 문체 등이 변하지 않고 계속되는 것을 뜻한다. 글 쓰는 이가 위의 것 가운데 한 가지를 선택할 수 있다. 그러나 한 가지 유형을 선택한 다음에는 그 유형을 끝까지 유지하는 것이 중요하다. 예를 들어서 자기소개서를 작성할 때, '나는' 이라는 표현과 '저는'이라는 표현을 섞어서 사용하면 일관성 이 지켜지지 않은 글이 된다.

열째, 자연성이다. 자연성은 자연스러운 상태를 뜻한다. 지나치게 기교를 부리거나 현학적인 글은 어색하고 부자연스럽다. 읽는 사람이 이해하기 쉬운 글을 쓰는 것이 좋다. 지나치게 기교를 부린 글은 당장은 멋지게 보일지 모르지만 마지막에는 독자에게 혐오감을 주게 된다. 가식적이고 작위적인 글은 진실성과 거리가 멀기 때문에 공감을 일으키기 어렵다. 읽는 사람이 쉽게 이해할 수 있는 문장을 구사하는 것이 중요하다.

1. 자기소개서 쓰기의 원칙

  자기소개서는 이름 그대로 자기 자신을 소개하는 글이다. 그러므로 자신의 능력을 중심으로 자신이 어떤 사람인지를 정확하게 표현하는 것이 중요하다. 단순한 감상에 치우쳐서 글을 구성하기보다는 지원할 곳에서 요구하는 자기소개서의 양식을 준수하면서 작성해야 한다. 그렇게 작성했을 때, 자신에 대한 좋은 이미지를 형성할 수 있고 최선의 결과를 얻을 수 있다.

  자기소개서는 다른 글들과 달리, 사회구조의 변화에 의해서 그 필요성이 증대되고 있는 실용적인 글쓰기의 대표적인 경우이다. 현대사회와 같이 사회가 복잡하지 않았을 때에는 자기소개서는 특별한 의미를 가지지 못했다. 사회 구성원들이 서로 기본적인 정보를 파악하고 있고, 관계를 통해서 그 사람을 알 수 있을 때에는 자기소개서라는 글쓰기의 형식을 통해서 상대편에 대한 정보를 얻을 필요가 없었다. 하지만 오늘날 사회구조는 매우 복잡해졌고, 개인에 대한 정보를 얻기 위한 방법으로 자기소개서가 일반적인 방법이 되었다.

그러므로 자기소개서를 작성할 때는 몇 가지 사항을 특별히 고려해야 한다.

첫째, 자기소개서를 제출하고자 하는 곳이 어떤 곳인가를 정확히 파악하는 것이 중요하다. 자기소개서 작성의 목적은 지원하고자 하는 곳에 자신이 적합한 인재임을 잘 보여주는 것이다. 자신이 아무리 훌륭한 능력을 갖춘 인재라고 하더라도 지원하는 곳에서 필요로 하는 능력을 갖춘 사람이 아니라면 무의미하기 때문이다.

그러므로 자기소개서 작성에서 자신이 지원하고자 하는 곳에서 필요로 하는 자격은 어떤 것인지를 분명하게 파악하는 것이 우선되어야 한다. 다시 말해서 좋은 자기소개서를 쓰기 위해서는 글쓰기 능력만으로는 불가능하다. 지원하고자 하는 곳에서 필요로 하는 인재임을 부각시키기 위해서는 그곳에서 필요로 하는 조건을 잘 갖추었다는 것을 분명하게 써야 하는데, 이것은 장기적인 노력과 준비를 통해서만 준비될 수 있는 것이기 때문이다. 충분히 준비를 하여, 자격 조건을 갖춘 후에는 지원 동기와 장래성을 통해서 자기 자신이 꼭 필요한 인재임을 보여주면 완벽한 자기소개서가 된다.

둘째, 자기소개서를 통해서 자신의 문서작성 능력, 글쓰기

능력을 표출하게 된다. 자기소개서는 문자로 자신의 능력을 보여주는 것이다. 자기소개서의 내용에서 어떤 능력을 갖추고 있다고 구체적으로 표현하는 것 못지않게, 글을 통해서 자신의 논리적인 글쓰기 능력과 문서작성 등의 업무능력을 표현하게 된다. 따라서 짧은 글이지만 전체 글에서 논리적인 전개를 추구하는 것이 중요하다. 이런저런 이야기를 병렬적으로 늘어놓아서는 결코 좋은 자기소개서가 될 수 없다.

자기소개서를 작성할 때, 내용과 함께 형식적인 부분을 완벽하게 작성해야 한다. 아무리 흥미로운 글이라고 하더라도 꼭 지켜야 하는 형식을 지키지 않으면 글 전체의 신뢰도를 떨어뜨리게 된다. 특히 자기소개서는 매우 짧은 글이 대부분이고 분량을 제한하는 곳도 있다. 또 자기소개서 작성 파일양식을 제공하는 곳도 있다. 이런 형식적인 기준을 잘 준수하는 것이 자신의 업무능력을 보여주는 좋은 기회가 될 것이다.

셋째, 자기소개서는 면접의 자료로 활용된다. 만약 면접이 결정적인 당락의 요건이 되는 곳이라면 우선 형식적으로 잘 작성된 자기소개서를 통해서 좋은 이미지를 얻도록 노력해야 한다. 그 다음에는 자기소개서의 내용을 통해서 인간적인 호감과 신뢰를 획득하도록 노력하고, 지원한 곳에 대한 자신의 기대와 의미를 부각시키는 것도 중요하다.

결국은 한 조직의 공동체가 될 사람을 선정하는 과정이기 때문에 지원한 곳에 대한 비전과 전망을 충분히 제시하는 자기소개서를 작성했다면 점수를 얻고 출발한다고 해도 과언이 아니다. 자기소개서를 통해서 자신이 어떤 장점을 가진 사람인지, 조직을 위해서 어떤 일을 할 수 있는 능력을 갖추고 있는지를 분명하게 부각시키는 것이 필요하다.

2. 자기소개서 쓰기의 주의할 점

1) 작성 기준

(1) 형식적인 면

최근에는 각 기업체나 기관마다 특정한 형식의 자기소개서 형식을 제공하고 있다. 이런 경향은 자신들이 필요로 하는 정보를 중심으로 후보자들의 정보를 얻고자 하는 취지가 바탕에 있다. 그러므로 특정한 형식을 제공하는 곳에 자기소개서를 제출할 경우에는 요구에 맞추어서 작성하는 것이 중요하다. 제공하는 형식을 무시하고 자유 형식으로 작성할 경우에는 내용을 평가받기 이전에 감점을 받게 된다.

자기소개서 형식은 지원하고자 하는 곳에서 중요한 요건으로 생각하는 것을 중심으로 구성되기 때문에 하나의 항목도 소홀히 하지 말고 충실하게 작성할 필요가 있다. 특히 분량에 대한 제한이 있을 경우에는 제시된 기준을 따르는 것이 바람직하다. 지나치게 길거나 짧은 자기소개서는 충분히 다듬어지지 않은 느낌을 주거나 성의가 부족한 느낌을 줄 수 있다.

다음에 제시한 것은 장교 지원자의 자기소개서 양식이다.

자기소개서

성장과정	
가족소개	
대학생활 (학교생활, 동아리활동, 학생회경험, 봉사활동 등)	
자아표현 (성격, 좌우명, 가치관, 인생관, 종교관, 세계관 등)	
장교를 지원한 동기	
임관이후 군생활에 대한 설계 / 포부	

작성자 성명 :　　　　주민등록번호 :　　　　　서명 :

자기소개서의 내용은 크게 네 가지 단계로 구성된다. 성장 과정 – 성격소개 – 학창시절 및 경력사항 – 지원동기 및 입사 후 포부 등이다. 위의 사례에서도 네 가지 단계를 기준으로 성장 과정 – 가족소개 – 대학생활 – 자아표현 – 지원동기 – 포부 등으로 구성하고 있다. 만약 자기소개서를 제출하되, 일정한 양식을 제공하지 않는 곳이라면 위의 네 가지 단계를 토대로 작성하도록 한다.

(2) 내용적인 면

자기소개서의 내용에서 가장 핵심적인 부분은 본인이 얼마나 적합하고 준비된 인재인가를 보여주는 것이다. 그러므로 자기소개서를 작성하기 전에 제출할 곳에서 요구하는 인재상을 파악한 후 기준에 맞추어서 작성하는 것이 유리하다. 내용이 아무리 감동적이고 능력을 갖춘 사람이라고 하더라도 지원하는 곳에서 필요로 하는 사람이 아니라면 의미가 없다. 가장 강조해야 할 것은 바로 자신이 지원하는 곳에서 찾는 그 사람이라는 것을 분명하게 보여주는 것이다.

자기소개서의 내용에 있어서 중요한 또 한 가지는 지원하는 분야에 대한 비전과 희망을 가지고 있느냐는 점이다. 이 부분을 잘 작성하기 위해서는 자기소개서를 제출할 곳의 기업 이미지를 파악한 후 지원 동기와 포부를 연결시켜서 쓴다.

2) 자기소개서 내용 구성

자기소개서를 작성할 때, 다음의 사항에 주의하여 작성한다.

(1) 정직성

자기소개서는 자신의 장점을 잘 표현하는 것이 일차적인 목표이며, 이 글 자체가 자신을 평가받는 결정적인 기준이 되기 때문에 무엇보다 정직성이 중요하게 요구된다. 자기소개서는 행정적인 증명서 혹은 이력서와는 달리 자신의 입장에서 성격이나 성장배경 및 지원 동기 등을 밝히는 글이다. 따라서 내용이 과장되거나 지나치게 주관적인 생각에 근거해서 전개될 가능성이 높다. 자기소개서의 내용은 단순한 글쓰기 능력으로만 평가를 받는 것이 아니다. 정직한 내용이 아닐 경우 심각한 문제를 야기하기도 한다는 것을 잊어서는 안 된다.

(2) 문장 표현의 정확성

자기소개서는 심사자들에게 자신의 능력을 평가받는 글이다. 그러므로 글쓰기의 기본적인 요구를 잘 준수하여야 한다. 맞춤법에 문제가 발견되고 비문이 있는 글은 유리한 평가를 얻는 데 도움을 주지 못한다. 정확한 문장 표현을 위해서는 먼저 주어와 술어를 정확하게 구성하였는지 살펴보고, 다음으로는 지나치게 긴 문장이 없는지 살펴보는 것도 좋은 방법이다. 간단하고 명료한 문장이 비교적 좋은 문장일 가능성이 있다.

(3) 논리적 일관성

자기소개서도 글쓰기의 일종이기 때문에 전체 글에서 논리적 일관성이 잘 유지되고 있는지가 중요한 요건이 된다. 자기소개서에 일반적인 항목이 있지만, 내용의 구성은 지원을 하는 곳에 자신이 자기소개서를 제출하게 된 연결고리를 찾아서 작성한다. 논리적 비약이 있으면 글의 이해가 쉽지 않다.

(4) 꼭 소개해야 할 내용을 중심으로 구성

자기소개서는 글쓰기 가운데 가장 명료하면서도 인상적인 글을 써야 하는 글쓰기 형식이다. 따라서 내용은 꼭 써야 할 것을 중심으로 구성해야 한다. 그렇지 않으면 분량이 많아서 자기소개서의 효과가 떨어질 수 있다. 지원할 곳에서 요구하는 사항이 있으면 그 항목에 준해서 작성하고, 자유 형식이라면 아래의 일반적인 내용을 중심으로 작성하면 된다. 각 항목별 내용도 너무 상세하거나 복잡한 이야기를 다루기보다는 지원하는 곳과 연결될 수 있는 이야기가 있는 인상적인 사건을 중심으로 작성하는 것이 바람직하다.

(5) 자기소개서 내용의 네 가지 단계

a) 성장배경

성장배경에서 자신의 출생과 성장에 관련된 이야기를 모두 쓴다고 생각하면 곤란하다. 출생이나 성장 과정에서 이 지원서를 내기까지 어떤 조건이 오늘의 자신에게 어떤 영향을 미쳤는지를 중심으로 작성하는 것이 효과적이다. 만약 지원하는 곳에서 엄격성이나 책임감을 요구하는 조직이라면 자신의 성장배경에서 그런 성격을 키울 수 있었던 조건을 중심으로 기술한다. 또는 독창적이고 개성이 강한 직업에 지원하고자 한다면, 자신이 성장하면서 독창성이나 강한 개성 때문에 체험한 독특한 경험을 중심으로 자기소개서를 작성한다.

b) 학력과 경력

일반적으로 학력과 경력은 이력서를 통해서 서류 심사를 받게 된다. 그렇지만 대부분의 자기소개서에도 빠지는 않는 기본적인 항목이다. 그러므로 학력이나 경력에서 대표적인 내용을 중심으로 작성하는 노하우가 필요하다. 대졸자 사원을 임용하려고 할 경우, 대학 이전의 학력을 너무 자세히 제시하는 것은 바람직하지 않다. 언제 입학했고 언제 졸업했는가를 중심으로 초등학교 학력부터 나열하는 것은 무의미하다. 지원 분야와 관련해서 특별한 경험을 한 학창시절의 추억이나 경력을 소개하는 것이 효과적이다. 득점이 될 만한 학력과 경력이 있을 경우에는 구체적으로 표현하도록 한다. '○○자격증 취득', '○○ 과정 연수' 등 구체적으로 제시하고, 특정한 시험성적이 있을 경우 구체적인 실점을 표시해 주는 것도 효과적이다.

c) 성격소개

스스로 자신의 성격을 소개하는 것이 쉽지 않다. 보통은 장점을 중심으로 성격을 소개하고 자신이 완벽한 사람인 것처럼 보이기를 바란다. 하지만 장점을 나열하는 성격 소개는 흥미를 야기할 수 없고, 신뢰를 얻기도 쉽지 않다. 따라서 자신의 단점을 장점으로 발전시키는 표현을 한다. 만약 회계 관련 부서에 지원할 경우, 내성적인 자신의 단점을 제기한다. 그러나 이런 내성적인 성격 탓에 업무 처리가 꼼꼼하다고 평가를 받고 있으며, 지원하는 분야에서 필요로 하는 성향을 가지고 있다고 주장을 편다면 설득력 있는 자기소개서가 될 것이다.

d) 지원 동기

자기소개서를 작성하고 제출할 때는 입사하고자 하는 궁극적인 목표가 있다. 누구나 나름대로의 지원 동기가 있다. 지원하는 곳의 근무 조건이나 연봉 등이 결정적인 조건이 되기도 한다. 심사자들도 대부분 예상할 수 있는 내용이므로 그것을 전면에 내세울 필요는 없다. 오히려 감점 요인으로 작용할 수도 있다. 지원 동기는 자신이 가지고 있는 일에 대한 비전과 연계해서 제시하는 것이 효과적이다. 누가 보더라도 그 사람의 포부가 조직에 도움이 될 수 있다는 확신을 주는 자기소개서가 좋다.

3) 작성상의 주의할 점

(1) 문장은 간결하게 표현한다.

문장을 간결하게 표현하기 위해서는 접속사 사용을 줄이고, 내용상 반복되는 부분이 없도록 한다. '그리고', '그러나', '그래서' 등 접속사를 빈번하게 사용하다 보면, 문장이 길어지고 문장 구조가 복잡해지는 경향이 있다. 문장은 가능하면 단문으로 표현하는 것이 좋다. 그리고 앞에서 다룬 내용을 반복적으로 표현한 것이 없는지 검토하여 간결한 표현이 되도록 주의한다.

(2) 누구나 해당되는 당연한 내용은 피한다.

자기소개서에서는 자신만의 특별한 경험이나 이력이 강조될 수 있어야 한다. 다시 말해서 누구나에게 해당되는 당연한 내용을 작성하는 것은 피해야 한다. '학창시절 공부를 열심히 했습니다', '취업을 위해서 시험공부를 열심히 했습니다', '○○년에 ○○에서 태어났습니다', '화목한 가정에서 자랐습니다' 등은 특별한 인상을 주지 못하는 내용이다. 짧은 글을 통해서 자신의 장점을 부각시켜야 하는 글을 이런 당연한 내용으로 채우는 것은 전략적인 선택이 아니다.

(3) 구체적이고 명확하게 표현한다.

자기소개서는 자신이 가지고 있는 능력을 한눈에 보여줄 수 있는 기회이다. 그러므로 자신이 가지고 있는 유리한 점이 있다면 매우 구체적이고 명확한 표현을 통해서 제시한다. 구체적이고 명확한 표현은 심사자들에게 신뢰를 얻을 수 있는 좋은 방법이 된다. 예를 들어서 지원 자격에서 요구하는 시험이 있다면 그 시험에서 몇 점을 받았는지 명확하게 제시한다. 자신이 소유하고 있는 자격증도 구체적으로 제시하고, 몇 급 자격증인지도 분명하게 밝히는 것이 바람직하다.

(4) 맞춤법과 문법에 맞게 표현한다.

자기소개서는 자신의 능력을 글로 표현하는 것이다. 따라서 글쓰기의 기본적인 요소인 맞춤법이나 문법을 준수하는 것이 중요하다. 특히 자기소개서에 구어체 표현이나 통신 언어를 사용하지 않도록 주의한다. 예를 들어서, '~했삼', '~했구여', '^^;', *^^*, ――;', '………' 등 통신에서 사용하던 것을 자기소개서에 옮겨 놓는 것은 절대 금물이다.

(5) 작성 후 여러 번 수정한다.

자기소개서는 형식이 다른 시험의 일종이다. 그러므로 자기소개서에 맞춤법이나 문법에 틀린 표현이 있다면, 당연히 감점 요인이 된다. 다행히 자기소개서는 작성한 후에 충분히 검토하고 수정할 수 있는 조건이 괜찮은 시험이다. 충분한 능력을 갖추고도 자기소개서 작성에서 작은 실수를 해서 인생의 중요한 기회를 잃어버려서는 안 될 것이다. 여러 번 수정해서 형식적으로나 내용적으로 완전한 자기소개서를 작성하도록 하자.

3. 자기소개서 쓰기의 실제

지금부터 자기소개서 작성을 위해서 어떤 단계를 거쳐야 하는지 살펴보자. 자기소개서는 다음의 3단계를 통해서 작성할 수 있다.

1단계: 자기소개서 구상

먼저, 자기소개서에 포함되어야 할 내용을 확인한다. 자기소개서를 제출할 곳에서 제시하는 항목을 확인한 후에, 작성할 내용을 병렬적으로 기술해 본다. 예를 들어서, 지원 동기 및 입사 후 포부에 대한 항목이 있다면 어떤 내용으로 구성할 것인지를 병렬적으로 써 본다. 기업 이미지, 창업 목표, 시장 내 기업의 지위, 자신이 이 기업에 지원하게 된 동기를 써 본다. 이와 같이 각 항목마다 관련된 내용을 병렬적으로 적어두고, 그 가운데서 자기소개서 내용으로 작성할 경우에 득점이 될 수 있는 내용을 선정한다.

2단계: 초고 작성

1단계에서 구상한 자기소개서 내용을 중심으로 초고를 작성한다. 처음 구상한 내용을 모두 사용한다고 생각하지 말고, 가장 핵심적이고 자신을 잘 표현할 수 있는 정보를 중심으로 쓴다. 각 항목마다 성격을 분명하게 부각시키면서 작성하는 것이 좋다. 즉, 지원 동기에는 지원 동기가 명확하게 드러나도록 작성하고, 성장 배경에는 성장 배경이 분명하게 제시되어야 한다. 각 항목의 내용이 복잡하게 섞이거나 반복적으로 내용이 제시되는 것은 바람직하지 못하다.

3단계: 수정 및 완성

초고를 작성한 후에는 세 번 이상의 수정 과정을 가지도록 한다. 짧은 시간 내에 여러 번 수정할 경우에는 오류를 잘 찾아내지 못할 수 있으므로, 시간에 여유를 두고 작성한 후에 일정한 시간이 지난 후에 반드시 교정을 한다. 완성된 글을 수정하는 과정에서는 글의 수준을 높이기 위해서 명언이나 한자성어 등을 활용하는 것도 좋은 방법이다. 그러나 주의할 점은 지나치게 현학적인 표현이나 명언이나 한자성어의 남용은 오히려 부작용을 야기할 수도 있다는 점이다. 가장 좋은 글은 정직하고 자연스러운 글이라는 점을 잊지 말자.

다음은 자기소개서의 사례이다. 대학교 1학년생이 작성한 것을 수정·보완한 것이다.

자기소개서

○○○

1. 지원 동기 및 입사 후 포부

최고품질의 천연 ○○아이스크림과 ○○도넛 가맹사업을 운영하고 있는 ○○코리아(주)는 선진국형 천연향과 맛을 갖춘 최고급 아이스크림과 도넛을 생산하고 있습니다. ○○코리아(주)는 우리나라 최초로 고급 아이스크림과 도넛 시장을 개척하여 앞으로 무궁무진한 발전이 기대되는 회사입니다.

저는 정직한 맛과 홍보, 최고의 서비스로 고객 만족을 위해 최선을 다해 일해 보고 싶습니다. 그중에서도 마케팅 홍보 분야에서 저의 전공인 인문학을 결합하여 귀사의 발전에 기여하고 싶습니다. 누구나 다시 찾고 싶은 고급스러운 아이스크림과 도넛의 세계를 마케팅하고 홍보하는 일을 통해서 사회에 행복을 나누어 줄 수 있는 기회를 주시면 감사하겠습니다.

2. 성장 배경

성실하신 아버지께 일에 대한 곧은 신념과 책임감을 배웠으며, 늘 가족들을 위해 사랑으로 보듬는 어머니께 타인에게 사랑을 베푸는 법을 배웠습니다. 마치 친구 같은 하나뿐인 오빠는 삶의 순간순간에 타협점을 찾고, 고민을 해결하는 방법을 조언해 주었습니다.

가족생활은 저에게 이기적인 나만의 생각보다는 다른 사람들과의 교감과 배려가 얼마나 중요한가를 가르쳐 주었습니다. 성장 과정을 통해서 스스로의 일에 대해 책임을 지면서, 다른 사람의 입장을 존중하는 중요성을 배웠습니다.

3. 본인의 성격

저는 침착하고 쉽게 흥분하지 않은 성격입니다. 이런 성격 탓에 결정을 내리는 순간은 냉정하게 사고하고 후회하지 않습니다. 첫 인상은 사교적이지 못한 것처럼 보이기도 하지만, 오래된 친구가 많은 편입니다. 폭넓은 인간관계보다는 깊이 있는 관계를 형성하는 경향이 있습니다. 저는 하고자 하는 일에서는 집중력이 뛰어나고 추진력과 위기대처능력이 뛰어나다는 주위의 평을 듣기도 했습니다. 무엇보다도 주어진 일에 끝까지 최선을 다하는 성실함이 저의 가장 큰 장점이라고 생각합니다.

다만 생각할 문제가 있을 때는 냉정하게 사고하기 때문에 생각이 많고, 자신의 생각에 빠져서 다른 사람의 말에 귀 기울이지 않는다는 단점이 있습니다. 하지만, 이런 성향은 스스로의 결정에 후회하지 않겠다는 의지에서 나오는 것이며, 제가 담당하고자 하는 업무에서는 이런 냉철함과 신중한 판단력이 큰 도움이 되리라고 생각합니다.

위의 자기소개서에 대한 평가를 통해서 보완할 부분과 수정할 부분을 함께 생각해 보자.

a) 전체적인 평가

구조와 내용이 간단명료하고 깔끔하게 정리되었다. 문장표
현 및 맞춤법 등의 오류가 거의 없는 잘 표현된 글이다. 내용
및 문장 표현에서 일관성이 잘 지켜지고 있다. 지원한 기업에
서 요구하는 형식을 잘 준수했고, 내용도 전체적으로 잘 구성
되었다.

그러나 내용을 중심으로 보면, 자신의 성격은 상당히 자세
하게 기술하고 있지만 자신이 어떤 능력을 갖춘 사람인지에
대한 설명은 부족한 것 같다. 자격증 취득 현황, 지원하기 위
해서 준비한 시험 및 결과 등을 제시하면 더 나은 자기소개서
가 될 것이다.

b) 내용에 대한 평가

지원 동기 및 입사 후 포부: 기업의 특징을 짧지만 정확하
게 잘 파악했고, 자신이 구성원이 될 경우 어떤 역할을 수행
하고 싶은지에 대해서도 비교적 잘 표현했다. 이와 같이 지원
하는 곳의 기업정신, 경영이념, 기업의 특징 등을 분석한 후에
자기소개서를 작성하면 더욱 생동감 있는 내용을 작성할 수
있다.

성장 배경: 성장 배경은 핵심적인 내용을 간단하게 쓰는 것

이 좋다. 일반적이고 당연한 내용을 자세히 작성할 경우 분량만 많아지는 결과를 초래할 수 있다. 여기서는 내용이 간단하게 작성된 점은 좋은 것 같다. 하지만 성장 배경이 단순히 가족이 어떤 특징을 가지고 있는지를 소개하는 데 그쳐서는 안 된다. 지원 동기 및 입사 후 포부와 관련되는 성장 과정에서 특별한 이야기를 연결시키는 것이 효과적이다. 여기서는 아이스크림과 도넛 회사에 지원하는 계기가 되었던 성장 과정의 이야기를 끌어오면 좋을 것 같다.

본인의 성격: 위의 자기소개서는 성격에 대한 소개가 잘된 글이다. 장점과 단점을 소개하고 단점 또한 자신이 지원하는 업무의 수행에 도움이 된다는 주장은 좋은 표현법이다. 장점만 병렬적으로 제시하기 보다는 단점을 장점화하는 시도가 좋다.

1. 이력서 쓰기의 원칙

컴퓨터 사용이 일반화되기 전에 이력서는 그 사람의 필체나 성격 등을 간접적으로 평가하는 하나의 기준으로 작용했다. 그러나 최근 이력서 작성은 대부분 지정된 양식에 맞추어 작성한 후 출력해서 제출하는 경향이 있다. 지금은 제대로 된 문서 작성 능력을 평가하고, 지원자의 정보를 확인하는 수단으로 성격이 변화했다.

그러나 여전히 이력서는 그 사람의 능력을 한눈에 판단할 수 있는 얼굴이다. 이력서의 형식적인 부분을 포함해서 내용은 그 사람을 그대로 보여주는 것이다. 이력서를 제출할 때는 대부분 증명 서류도 첨부하게 되어 있다. 이력서 작성의 우선 원칙은 정직성이다. 이력서 작성 과정에서는 작은 실수라도 있어서는 곤란하다. 그만큼 이력서가 당락에 결정적인 서류로 작용하기 때문이기도 하다.

이력서의 가장 기본적인 내용은 학력과 경력 사항이다. 일반적으로 학력은 자격 요건이 대학 졸업자일 경우에는 대학 입학부터 제시하면 된다. 그러나 특별히 출신학교 전체의 입학과 졸업에 대한 기록을 요구할 경우에는 요구 사항에 맞추어서 작성한다. 경력 사항과 관련된 내용은 자신이 판단하기에 유리한 조건이 될 수 있는 것을 중심으로 작성하면 된다. 상벌과 관련된 경력을 특별히 요구하기도 한다. 작성을 요구할 경우에 충실하게 기록하도록 한다.

최근 이력서에서 가장 중심이 되는 내용 가운데 하나는 자격 사항에 대한 것이다. 관련 업무를 처리할 수 있는 능력을 얼마나 갖추고 있는지를 잘 보여줄 수 있는 사항이므로 꼼꼼하게 작성할 필요가 있다.

이력서 작성에서 유의할 점을 정리하면 다음과 같다.

1) 정직성

이력서 작성에서 가장 중요한 점은 정직성이다. 한 장의 이력서를 통해서 자신의 능력을 소개하고, 평가를 받기 때문에 이력서의 정직성은 기본적인 요건이다. 이력서는 학력, 이력, 자격 사항에 대한 가장 기본적인 정보를 제공하는 서류이다. 자신의 이력을 과장하는 것은 단순한 문서작성의 오류가 아니라, 문서위조의 법적인 문제가 될 수 있다.

2) 정확성

이력서를 작성할 때는 정확성이 매우 중요하다. 출생 연도와 호적 관계, 학력사항 및 경력사항 등을 정확하게 작성해야한다. 학력사항에는 입학과 졸업 연도를 정확하게 제시해야하며, 경력사항에서는 경력사항의 일시와 기간을 정확하게 제시한다. 직업에 따라서 학력이나 경력에 따라서 연봉이 달라지는 경우가 있기 때문에 매우 중요한 요건으로 작용할 수 있다. 그리고 학력이나 경력에 따라서 당락이 결정되므로 정확성을 준수해야 한다.

3) 구체성

이력서에는 지금까지 취득한 자격사항을 작성할 수 있다. 직업에 따라서 자격사항이 기본적인 조건으로 작용하므로 취득한 자격을 구체적으로 상세하게 작성할 필요가 있다. 취득한 자격증의 명칭, 자격증의 발급기관을 구체적으로 제시하여 이력서의 구체성을 확보하는 것이 바람직하다.

2. 이력서 쓰기의 실제

연락처	000 - 0000 - 0000
E - mail	○○○○@○○.○○

<table>
<tr><td rowspan="3">사
진</td><td colspan="4" align="center">이　력　서</td></tr>
<tr><td>성 명</td><td>○　○　○　㊞</td><td>주민등록번호
000000 - 000000</td></tr>
<tr><td colspan="3">생년월일　○○ 년 ○○ 월 ○○ 일생　(만 ○○ 세)</td></tr>
</table>

주　　소		전화 번호	0000 - 0000

호적관계	호주와의 관계　○○　호주성명	○○○

년	월	일	학 력 및 경 력 사 항	발　령　청
1998	3	2	○○대학교 ○○학과 입학	
2002	2	25	○○대학교 ○○학과 졸업	
2002	3	2	○○대학교 대학원 ○○과 입학	
2004	2	25	○○대학교 대학원 ○○과 졸업	
2004	3	23	○○입사	
2007	11	15	○○퇴사	

- 자 격 사 항 -	
정보처리기사 1급 자격증	한국산업인력공단
워드프로세서 1급 자격증	대한상공회의소
MMATP(Flash5) 국제공인 수료증	Macromedia사
ASP 수료증	○○대학교 정보전산원
웹디자인 고급과정 수료증	○○대학교 전산교육원
리눅스 명령어 수료증	○○대학교 정보전산원
포토샵 이미지 수정/합성 고급테크닉 수료증	○○대학교 정보전산원
여성 e - business 과정 수료증	○○대학교 정보전산원

1. 프레젠테이션의 원칙

프레젠테이션(presentation)은 말하기와 준비한 자료를 통해서 자신의 의사를 전달하는 것을 목표로 한다. 현대사회에서는 프레젠테이션의 능력이 다각적으로 요청된다. 말하기를 주로 하는 직업을 비롯해서 일반 사무직, 그리고 대학생에게도 프레젠테이션 능력은 필수적인 항목이 되었다. 그러나 필요성에 비해서 제대로 된 프레젠테이션 능력을 갖춘 인재도 드물고, 능력을 쌓을 수 있는 교육의 기회도 흔하지 않다. 하지만 타고난 프레젠테이션 능력을 가지지 않았다고 하더라도 문제는 없다. 프레젠테이션의 원칙을 정확하게 이해하고, 준비한다면 누구나 멋진 발표자가 될 수 있다.

프레젠테이션 구성 단계	
1단계	프레젠테이션 목적 파악
2단계	프레젠테이션 준비 단계
3단계	프레젠테이션 실행
4단계	프레젠테이션 마무리

프레젠테이션 구성의 각 단계에서 지켜야 할 원칙은 다음과 같다.

1단계: 프레젠테이션 목적 파악

프레젠테이션의 목적에 맞는 내용을 구성하도록 한다. 아무리 좋은 내용으로 프레젠테이션의 자료를 만들어도 상황에 맞지 않는 것은 무용지물이다. 그러므로 먼저 선행되어야 할 것은 프레젠테이션의 목적을 분명하게 파악하는 것이다.

예를 들어서, 수업시간에 참여하기 위한 단순 발표인지, 보고서를 프레젠테이션하는 것인지, 업무를 수행하기 위해서 기획서를 프레젠테이션하는 것인지 등의 분명한 목적을 파악한다.

2단계: 프레젠테이션 준비 단계

프레젠테이션의 목적에 따라서 **훌륭한 발표를 위한 준비**를 한다. 이 단계에서 얼마나 성실하게 준비하느냐에 따라서 프레젠테이션의 성공 여부는 결정된다고 해도 과언이 아니다. 프레젠테이션의 목적에 따라서 어떤 준비를 해야 하는지 살펴보자. 다음 사항들은 어떤 프레젠테이션을 하더라도 공통으로 준비해야 할 부분들이다.

- 관련 자료를 조사한다.
- 청중들의 상황을 파악한다.
- 비주얼 자료를 사용할 수 있는지 파악한다(공간 파악).
- 주어진 시간에 따라 분량을 준비한다(시간 파악).
- 프레젠테이션 준비를 마친 후에 예행연습을 통해서 점검한다.
- 내용을 완벽하게 숙지하여, 발표할 때 자료에 의존하지 않도록 한다.

3단계: 프레젠테이션 실행

프레젠테이션을 실행할 때는 자연스러움을 유지하면서 준비한 내용에 대한 전문성을 인정받는 것이 중요하다. 프레젠테이션 자체에 너무 긴장해서 암기한 내용을 외우듯이 말하는 것도 바람직하지 않고, 자료를 읽는 것도 절대 금물이다. 프레젠테이션에서 어떤 원칙을 지켜야 할지 자세히 살펴보면 다음과 같다.

- 준비한 것을 중심으로 성실하게 발표한다.
- 내용에 대해서 충분히 파악하고 있다는 인상을 준다.
- 청중들의 반응에 지나치게 영향을 받지 않도록 한다.
- 예행연습과 달라진 결과가 있더라도 당황하지 않는다.
- 청중들에게 최선을 다하고 있다는 인상을 주도록 노력한다.

```
4단계: 프레젠테이션 마무리
```

프레젠테이션의 마무리는 프레젠테이션에 대한 평가이다. 평가는 발표자와 청중, 쌍방에서 할 수 있다. 일반적으로 프레젠테이션이 얼마나 성공적인가에 대한 청중들의 반응을 중심으로 평가하지만, 더욱 중요한 것은 스스로 평가를 통해서 더 발전적인 프레젠테이션을 위한 전략을 짜는 것이다. 한 번의 프레젠테이션으로 뛰어난 실력을 발휘할 수 있는 타고난 능력을 가진 사람은 많지 않다. 그러므로 끊임없이 개선을 위한 노력을 하는 것이 멋진 프레젠테이션의 결정적인 요인이 된다.

2. 프레젠테이션의 내용 구성

1) 프레젠테이션 전략서 작성하기

프레젠테이션 전략서 작성은 일반적인 글쓰기에서 가장 먼저 하는 개요를 작성하는 것과 동일하다. 글의 길이가 짧든 길든 전체적인 개요를 구성하지 않고 글을 써나가면 본래 의도를 달성하기는 쉽지 않다. 따라서 프레젠테이션의 내용을 구성할 때도 먼저 전체 틀을 짜고 다음으로 세부적인 내용을 덧붙여나가는 방식으로 작성한다.

전략서 작성 단계	
1단계	프레젠테이션의 중심 내용 정하기
2단계	프레젠테이션의 목차 정하기
3단계	목차에 따라 내용 구성하기

<전략서 작성의 실제>

1단계 프레젠테이션의 중심 내용 정하기	장자의 소요유와 현대사회의 웰빙에 대한 논문 내용 발표 제목을 "장자의 소요유와 현대의 웰빙"으로 결정
2단계 프레젠테이션의 목차 정하기	Ⅰ. 문제제기 Ⅱ. 웰빙 트렌드의 형성과 한국적 상황 Ⅲ. 현대사회의 웰빙, 문제점 Ⅳ. 장자 소요유에 나타난 웰빙 Ⅴ. 장자 웰빙관의 현대적 함의
3단계 목차에 따라 내용 구성하기	Ⅰ. 문제제기 - 웰빙(Well - Being) 트렌드 - 웰빙 트렌드의 배경 Ⅱ. 웰빙 트렌드의 형성과 한국적 상황 - 대중매체의 홍보와 기업의 전략적 상업화에 의한 대중화 - 소비양식의 변화 - 새로운 여가문화의 영향 Ⅲ. 현대사회의 웰빙, 문제점 - 주체의 결여 - 소비자향적 · 상품화 - 웰빙의 목표＝현대적 가치 달성 Ⅳ. 장자 소요유에 나타난 웰빙 - 현대사회의 웰빙 - 장자의 웰빙 Ⅴ. 장자 웰빙관의 현대적 함의 - 새로운 웰빙모델 제공 - 자기 초월적인 존재로서의 웰빙에 대한 관점 제공 - 낙도樂道라는 미래적인 웰빙모델 제시

위와 같이 전략서를 구성하면, 전체 내용에서 핵심적인 부분과 분량의 안배 등을 정확하게 할 수 있다. 전략서 없이 작성으로 바로 들어가면, 작성을 마친 후에 다시 분량을 조정하거나 내용상 꼭 필요한 부분이 포함되지 못하는 오류를 범하기가 쉽다. 그러므로 다른 글쓰기에서 개요 작성이 중요한 것과 같이 프레젠테이션을 멋지게 하기 위해서는 전략서 작성이 중요하다.

2) 내용 집필하기

프레젠테이션의 내용은 자신이 준비하는 프레젠테이션이 어떤 목적을 가지고 있느냐에 따라서 달라질 수 있다. 프레젠테이션이 다양한 목적에 따라서 이루어지기 때문이다. 먼저 프레젠테이션의 목적에 따른 유형을 살펴보고, 그에 따라서 어떻게 내용을 구성하는 것이 좋을지 살펴보자. 프레젠테이션의 목적에 따라서 정보제공을 위한 프레젠테이션과 설득을 위한 프레젠테이션으로 나누어 볼 수 있다.

정보제공을 위한 프레젠테이션

정보제공을 위한 프레젠테이션에서 가장 중요한 것은 정확한 정보를 청중들에게 제공하는 것이다. 청중들이 프레젠테이션에서 무엇을 얻고자 하는지가 매우 분명하기 때문에 준비를 하는 과정에서도 목적에 부합하는 자료로 정보를 수집하는 것이 핵심이다. 정보를 제공하는 프레젠테이션의 사례로는 리포트 혹은 논문 발표, 기획서 발표 등이 있다.

설득을 위한 프레젠테이션

설득을 위한 프레젠테이션은 청중들에게 어떤 동기를 부여하거나 행동을 유발하기 위한 목적으로 이루어진다. 설득을 위한 프레젠테이션은 강연 및 교육, 상품 광고 및 홍보, 토론에서 입장 발표 등이 있다. 이런 유형의 프레젠테이션에서 가장 중요한 것은 청중들의 공감대를 형성해 내는 것이다. 자신의 발표를 통해서 다른 사람의 마음을 변화시킨다는 것은 매력적인 작업이기는 하지만, 쉽지 않은 과정이다. 이때 가장 중요한 것은 청중들이 발표자를 신뢰하고 프레젠테이션에 흥미를 가지는 것이다. 청중들의 신뢰는 성공적인 프레젠테이션 자체로 주어지기도 하고, 발표자의 능력과 명성 그리고 지위 등에 의해서 형성되기도 한다.

여기서 프레젠테이션의 내용 구성의 사례를 통해서 구체적인 실습을 해보자.

장자의 소요유와 현대의 웰빙

이현지(계명대학교)

표지는 프레젠테이션의 전체 이미지를 결정하는 중요한 내
용이 될 수 있다. 제목에 대한 설명과 발표자에 대한 소개를
하는 과정에서 청중들의 시선이 주목되기도 하며, 프레젠테이
션의 전체적인 느낌을 결정하는 페이지이므로 정확하고 깔끔
하게 구성해야 한다.

다음 내용은 목차이다. 전체 구성이 복잡하여 내용에 대한
설계도가 필요할 경우에는 목차를 사용하는 것도 좋은 방법이
다. 그러나 일반적으로 짧은 프레젠테이션에서는 목차를 처음
부터 끝까지 제시하고 검토하는 것은 청중들로부터 좋은 반응
을 얻기가 어렵다.

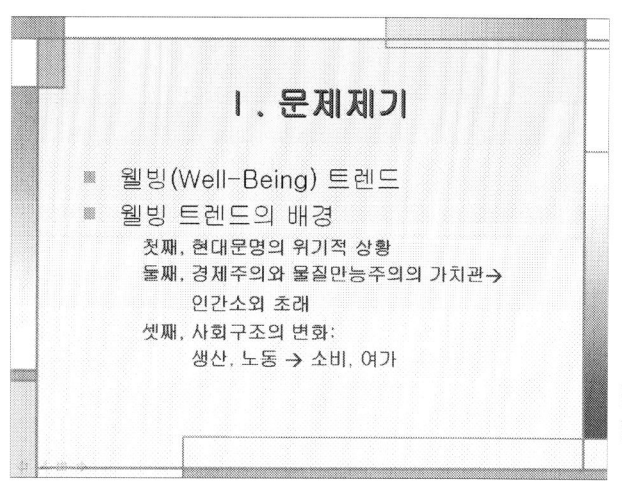

위의 화면은 이 논문의 문제제기 부분을 구성한 것이다. 전체 내용이 일목요연하게 정리되어서 한 페이지의 화면을 통해서 이 논문이 왜 작성되었는지를 잘 보여주고 있다. 이 자료와 같이 글자의 크기 및 색깔 등으로 내용을 구분하여, 프레젠테이션의 효과를 높일 수 있다.

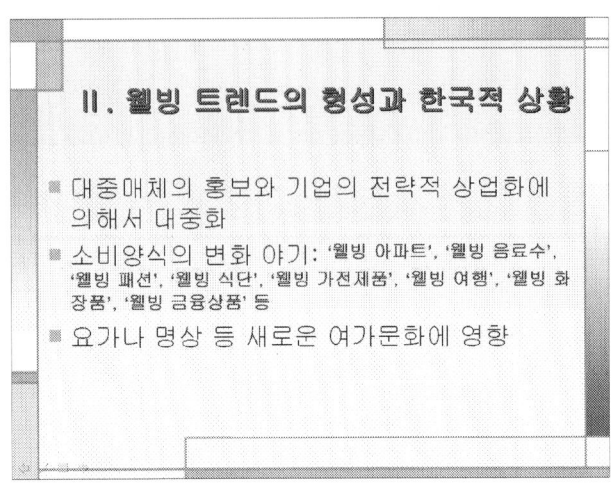

프레젠테이션에서는 서술형의 표현보다는 요약형의 표현이 바람직하다. 위의 화면에 구성된 내용도 완전한 문장을 구성하기 보다는 요약형으로 정리했다. 이렇게 요약한 내용을 프레젠테이션을 할 때 발표자가 설명을 추가하여 내용을 전달하는 것이 효과적이다. 프레젠테이션에서 완전한 문장으로 표현하면, 시각적으로 복잡한 느낌을 줄 수 있고 핵심 내용이 잘 전달되지 않을 가능성이 높다.

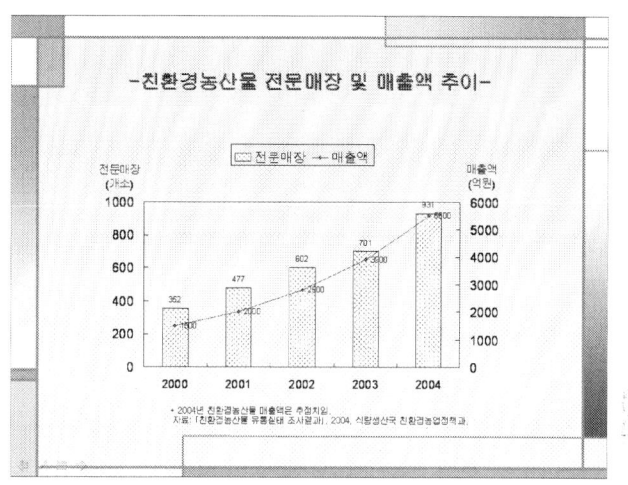

　　위의 자료는 프레젠테이션에서 표나 그림 등 참고자료의 사용에 대한 사례를 보여주고 있다. 문자로만 내용을 구성하지 않고, 표나 그림 등을 이용하면 전달의 효과를 높일 수 있기 때문에 효과적인 프레젠테이션을 위해서는 시도해 볼 만하다. 이와 같이 자료를 사용할 때는 출처를 명확하게 제시해야 한다. 일반적으로 제시되어야 할 부분은 자료의 작성 연도, 출처, 작성 주체 등이다.

Ⅲ. 현대사회의 웰빙, 문제점

- 주체의 결여
  - 대중매체와 기업에 의해 사회적 트렌드 형성
  - 웰빙=좋은 음식을 먹고, 친환경적인 공간에 주거하고, 자연주의 소재의 옷을 입는 것으로 인식
- 소비지향적 • 상품화
  - 웰빙상품=고부가가치를 창출, 소비의 차별화, 계층의식 형성
  - 웰빙을 추구하는 것이 자신과 타인을 차별화시키는 욕구표출로 이용
- 웰빙의 목표=현대적 가치를 달성

Ⅳ. 장자 소요유에 나타난 웰빙

- 현대사회의 웰빙: 이 세계로부터 근원적으로 분리된 개아(個我) 로서 나의 웰빙
- 장자의 웰빙: 세계와 상통하며 궁극적으로 하나인 나의 웰빙

  첫째, 대자유의 삶을 사는 것으로서 새로운 웰빙
  둘째, 내적인 자기발견을 지향하고 '참된 자기'를 즐기는 삶
  셋째, 낙도(樂道)하는 삶

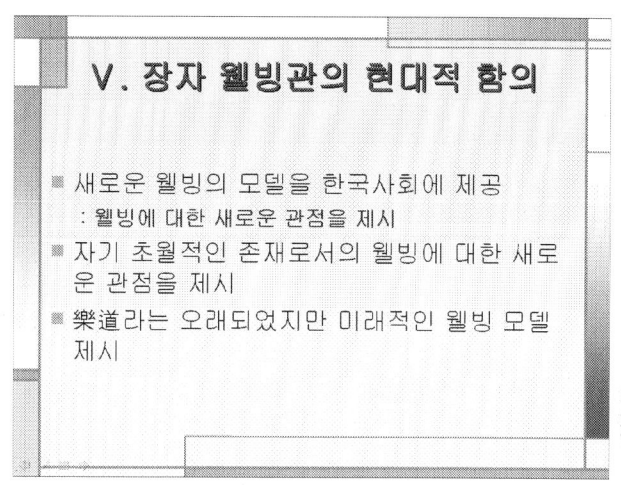

위의 사례에 나타나듯이 내용 구성은 전략서 작성의 원칙에 따라서 체계적으로 진행하는 것이 좋다. 내용 구성에 있어서 지켜야 할 몇 가지 사항을 정리하면 다음과 같다.

a) 내용은 간단명료하게 제시한다.

프레젠테이션은 대부분 다수의 청중에게 파워포인트 등 프로그램을 이용해서 자료를 보여주면서 진행한다. 그러므로 내용의 구성은 간단명료해야 한다. 구체적이고 복잡한 설명을 자료에 담게 되면 집중도가 떨어지고, 자료를 해독하는 데 관심이 기울어지기 때문에 프레젠테이션의 효과를 높일 수가 없다. 가장 핵심적인 내용을 중심으로 구성하고, 세부적인 사항은 풀어서 설명하는 방식이 효과적이다.

b) 제목과 소제목의 글자 크기 및 기호를 구분한다.

프레젠테이션 내용의 전체적인 통일성과 일관성이 있어야 전달에 효과를 높일 수 있다. 전체 주제가 무엇이며, 크게 어떤 내용으로 몇 개의 장으로 구성되는지에 대한 파악이 가능하도록 제목과 소제목의 글자 크기 및 기호 등을 다르게 표현한다. 전체 내용의 제목과 소제목 등의 구성에서 차별화를 하면, 설명이 없어도 전체적인 내용 구성에 대한 파악을 도울 수 있다.

c) 인용하는 자료의 출처를 분명하게 제시한다.

프레젠테이션을 할 때 효과를 높이기 위해서 통계자료를 표나 그림으로 인용하는 경우가 있다. 객관적인 자료를 사용하면 프레젠테이션에 대한 신뢰도 높일 수 있고, 청중들의 집중도를 높일 수도 있는 장점이 있다. 이때 주의할 점은 자료의 출처를 분명하게 밝히는 것이다. 자료의 출처는 작은 글씨로 밝히고, 매우 결정적인 자료라면 프레젠테이션을 할 때 출처 등을 강조하는 것도 한 가지 방법이다.

3) 특수기법 활용하기

프레젠테이션의 효과를 높이기 위해서는 다양한 특수기법을 활용할 수 있다. 특수기법을 활용하면 청중들의 프레젠테이션에 대한 집중도를 높일 수 있다. 특수기법은 프레젠테이션을 위한 파워포인트를 작성할 때 활용할 수 있는 차트와 표, 특수기능 등이 있고, 프레젠테이션을 할 때 사용할 수 있는 포인터 옵션 기능이 있다.

파워포인트 특수기능

· **차트와 표로 자료 제시하기**
차트와 표를 활용하여 자료를 제시하면 청중들의 시선을 집중시킬 수 있고, 내용 전달의 효과를 최대화할 수 있다. 그러나 지나치게 많은 차트와 표로 내용을 구성하면 오히려 집중도가 떨어질 수 있기 때문에 전체 내용을 고려해서 적절한 분량을 배치하는 것이 중요하다.

· **애니메이션**
파워포인트에 청중들의 관심을 집중시키는 효과적인 방법 가운데 하나가 애니메이션 기능을 활용하는 것이다. 이 기능을 활용하면 내용을 생동감 있게 전달할 수 있고, 청중들의 집중도가 떨어지지 않게 주위를 환기시키는 기능도 한다. 애니메이션 효과는 '나타내기', '강조하기', '사라지기' 등 청중의 시선을 끌 수 있는 다양한 방법이 있다. 애니메이션 효과를 높이려면, 전체 자료에 통일성을 주고 너무 빈번하게 기능을 사용하는 것을 피한다.

· **쇼 보기에서 포인터 옵션 사용하기**
파워포인트로 자료를 보여줄 때, 포인터 옵션 기능을 사용하면 청

중의 집중도를 높이는 데 효과적이다. 포인터 옵션 기능에는 '볼펜', '사인펜', '형광펜' 기능이 있다. 이 기능들은 이미 작성된 파워포인트 자료 위에 설명을 쓰거나 밑줄을 긋는 등 강조하거나 주위를 집중시키는 데 사용한다. 프레젠테이션을 듣기만 해야 하는 청중들에게 실시간 자료에 대한 강조점을 부각시켜주는 이 기능은 프레젠테이션에 대한 흥미를 야기할 수 있는 좋은 방법이다.

3. 프레젠테이션의 기법

1) 객관적인 자료를 활용한다.

프레젠테이션에서 사용할 수 있는 자료는 일반적인 글쓰기와 마찬가지로 다양하다. 그러나 통계자료, 신문기사 등 구체적이고 객관적인 자료를 활용하면 신뢰도를 한층 더 높일 수 있다. 이와 같은 자료를 사용할 때 유의할 점은 출처를 분명하게 제시하는 것이다. 정확한 출처를 제시하면 프레젠테이션에 대한 신뢰도가 높아지는 효과를 거둘 수 있다.

2) 생동감 있는 프레젠테이션이 되도록 한다.

혼자 하고 싶은 말을 하는 프레젠테이션이 되어서는 곤란하다. 프레젠테이션은 하는 주체가 분명히 있지만, 최대의 효과를 위해서는 청중이 프레젠테이션에 함께 호흡을 해야 한다. 그러므로 청중들의 반응에 관심을 가지고 호응을 유도한다. 일반적으로 공식적인 자리에서 반응을 보이는 청중을 만나기는 쉽지 않다. 청중에게 적극적인 반응을 일방적으로 요구하다 보면, 프레젠테이션 자체를 완전히 망칠 수 있다. 청중에게 직접적인 호응을 끌어내려고 하다가는 분위기를 부담스럽게 조성할 수 있으므로 주의해야 한다.

생동감 있는 프레젠테이션을 위한 팁

- 청중들과 눈을 맞춘다. 청중들과 끊임없이 눈으로 대화한다. 반응도 관찰하고, 표정을 살펴서 즉각적인 언급을 하면 프레젠테이션에 더 집중할 수 있도록 유도할 수 있다. '잘 듣고 있겠지'라고 생각하고 혼자 이야기해서는 곤란하다.
- 청중들이 쉽게 답할 수 있는 질문을 준비하고 답을 유도한다. 답을 하지 않을 경우를 대비해서 대답을 미리 준비한다. "……라고 하실 거죠!", "……라고 생각하시죠." 등의 가벼운 답을 하고 프레젠테이션을 진행한다. 답을 하지 않는다고 해서, 답을 할 때까지 묻고 또 묻거나 답을 기다리면서 시간을 길게 끄는 것은 좋지 않다.
- 사례를 통해서 프레젠테이션의 효과를 높이도록 한다. 사례는 구체적이고 경험적인 것일수록 좋다. 프레젠테이션의 주제와 관련된 생생한 경험이 있다면 효과적으로 청중들의 집중도를 높일 수 있다. 여기서 중요한 것은 재미있는 이야기를 하기 위해서 사례를 장황하게 펼치는 것이 아니라, 프레젠테이션의 효과를 위해서 직접적인 관련이 되는 부분을 활용해야 한다는 것이다.

3) 보이는 것에서 효과를 높이도록 한다.

프레젠테이션을 할 때, 청중들은 내용을 들으면서 발표자를 보게 된다. 그러므로 발표자가 얼마나 긴장하는지, 자신감을 가지고 있는지, 어떤 의상을 입고 있는지 등 보이는 것들이 프레젠테이션의 효과에 직접적인 영향을 미친다. 내용을 아무리 멋지게 준비했다고 하더라도 발표자가 눈에 거슬리는 행동을 하면 그것에 더 신경이 가게 되는 것이 프레젠테이션의 특징이다. 그러므로 보이는 것은 하나도 소홀히 해서는 안 된다.

보이는 것에서 효과를 높일 수 있는 팁
· 긴장된다면 숨기려 하지 말자. 긴장하고 있다고 솔직하게 표현하자. 오히려 그런 모습이 더 최선을 다하는 것으로 평가받을 수 있다. · 자신감을 가지는 것은 준비한 프레젠테이션을 완벽하게 하는 데 결정적인 요건이 될 수 있다. 동시에 청중들의 신뢰를 얻는 데도 핵심적인 요건이 된다. 자신이 준비한 내용에 스스로 의문을 보이거나, 잘 모르겠다는 식의 반응을 보이는 것은 곤란하다. · 프레젠테이션에서 의상은 첫 인상을 결정짓는 중요한 요건이 된다. 상황에 따라서 적합한 의상은 차이가 있겠지만, 가장 일반적인 경우는 정장이다. 화려한 옷을 차려입는 것보다는 깔끔한 정장을 입고, 프레젠테이션을 위해서 의상까지도 준비했다는 인상을 주는 것이 좋다.

4) 어투와 목소리의 크기, 말의 완급을 통해서 프레젠테이션의 효과를 높이도록 한다.

어투는 공식적이고 정중하게 사용한다. 사적이고 비공식적인 표현을 사용하면 프레젠테이션의 신뢰도가 떨어지기 쉽다. 목소리의 크기와 말의 완급은 변화가 중요하다. 목소리가 크다고 해서 청중이 프레젠테이션에 집중하지는 않는다. 목소리를 높이다가 낮추기도 하고, 강조할 때 높이기도 하는 등 리듬을 타는 것이 중요하다. 완급 또한 동일한 원칙이 적용된다. 천천히 말한다고 잘 전달되는 것도 아니고, 너무 속도를 내면 전달 자체가 불가능할 수 있다. 적당한 속도를 유지하되, 때로는 빠르게 쏟아 내고 때로는 또박또박 말해서 전달의 효과를 높이는 것이 좋다.

5) 내용이나 어투 및 행동 등을 과장하지 않도록 한다.

프레젠테이션을 더 효과적으로 전달하기 위해서 과장할 경우에는 전반적인 신뢰를 상실하게 되고 역효과를 얻게 된다. 가능하면 진솔한 표현을 사용하고 현학적인 내용으로 포장하거나 외래어를 남용하지 않도록 한다. 그리고 부정적인 표현보다는 긍정적인 표현이 마음을 움직일 수 있는 효과적인 방법이다.

4. 프레젠테이션의 주의할 점

1) 주어진 시간을 엄수한다.

잘하려는 욕심 때문에 시간제한을 지키지 않고 길게 하면 할수록 효과는 떨어진다. 정확한 시간 관리가 프레젠테이션의 능력을 보여주는 것임을 잊지 않도록 한다. 시간을 엄수한다는 것은 그만큼 철저하게 준비했다는 것을 반증하기도 한다. 성실히 준비하지 않으면 시간에 맞추어서 효과적인 프레젠테이션을 하기는 불가능하다.

2) 청중들의 입장에서 준비한다.

청중들이 필요로 하는 것을 준비하고, 청중들의 이해를 도울 수 있는 내용을 구성한다. 다시 말해서, 청중의 눈높이에 맞고 기대에 부응할 수 있는 프레젠테이션이 되어야 한다. 프레젠테이션의 수준을 높이기 위해서 어려운 개념을 사용하고 외래어를 많이 사용하는 경우가 있다. 그러나 청중에 따라서 그런 선택은 부작용을 야기하기도 한다. 아무리 고급 정보라고 하더라도 청중들이 소화하지 못할 수준으로 제공해서는 프레젠테이션의 효과가 없다.

3) 자료를 읽거나 외워서는 안 된다.

누구나 프레젠테이션이 부담이 되기 때문에 자료를 준비해서 읽으려는 경향이 있다. 그러나 읽기는 프레젠테이션에서 가장 금기해야 할 방법이다. 읽기는 전달효과를 떨어뜨릴 뿐 아니라 좋은 평가를 받기 불가능하게 한다. 읽기만큼 위험한 선택이 자료를 외워서 말하는 것이다. 외워서 말할 경우, 전문성이 떨어져 보이고 긴장해서 제대로 내용을 외우지 못할 경우 프레젠테이션을 완전히 망치는 요인이 되기도 한다. 따라서 외우지 말고 전체 내용이 완전히 숙지될 만큼 예행연습을 많이 해서 자유자재로 내용을 전달할 수 있도록 준비해야 한다.

4) 시선은 골고루 자연스럽게 한다.

여러 사람 앞에 서면 시선을 어떻게 처리해야 할지 당황스러운 것이 일반적이다. 먼저 자신에게 집중하는 청중과 시선을 마주치도록 한다. 더욱 좋은 것은 자신의 말에 반응을 보이는 청중을 찾으면 프레젠테이션에 대한 자신감을 얻을 수도 있다. 그러나 프레젠테이션을 하는 동안 한 사람만을 응시해서는 안 된다. 시선을 여러 사람에게 골고루 주되, 지나치게 넓은 각도가 되어 시선이 산만해지지 않도록 주의한다. 120도 정도의 각도 내에서 교차적으로 시선을 주면 효과적이다. 왼

쪽과 오른쪽을 처음부터 끝까지 돌아가면서 보는 것이 아니라, 왼쪽에 잠시 시선을 맞춘 후에 교차시켜서 시선을 던지는 방식이 좋다. 가장 중요한 것은 인위적인 느낌이 나지 않도록 자연스럽게 하는 것이다.

5) 청중들의 주위를 산만하게 하는 행동을 하지 않는다.

발표자가 볼펜을 만지거나, 머리를 만지고, 손을 어디에 둘지 몰라 불안해하면 청중들이 프레젠테이션에 집중할 수 없다. 가능하면 특정한 행동을 취하지 않고 몸에 힘을 빼고 자연스럽게 행동한다. 긴장해서 몸을 흔들거나 삐딱한 자세를 보이는 순간 프레젠테이션에 대한 평가는 낮아진다.

6) 프레젠테이션 장소의 상황을 사전에 파악하자.

프레젠테이션을 위한 최종 준비는 발표장의 상황을 파악하는 것이다. 물론 사전에 장소의 상황을 직접 확인할 수 없는 경우가 있다. 그럴 경우에는 진행 담당자에게 구두로 상황을 확인한다. 만약 잘 알고 있는 장소라면, 사전에 예행연습을 해보는 것이 좋다. 간혹 수업시간에 프레젠테이션을 하면서, 자신의 순서가 오면 그때서야 준비를 하는 경우를 종종 볼 수 있다. 그럴 경우, 소프트웨어의 버전이 맞지 않거나 동영상 자료가 열리지 않아서 당황할 수 있다. 이런 경우 프레젠테이션에 대한 평가에 부정적인 영향을 미치는 것은 당연하다. 프레젠테이션을 시작하는 순간에서 마치고 평가를 받는 마무리 단계까지 최선을 다하는 자세가 필요하다.

• 저자 •

이상호
•약 력•
계명대학교 철학과를 졸업하고 동 대학원에서 「정제두 양명학의 양명우파적 특징」으로 철학박사학위를 받았으며, 현재 계명대학교 교양과정부에서 강의전담교수로 재직 중이다. 중요 관심분야는 한국 근대 양명학과 성리학사를 정리하는 것이다.
E-mail: sookbi@kmu.ac.kr

•주요논저•
「정제두 양명학의 '주왕화회'적 특징」, 「맹자의 인간관계론에 드러난 생태적 함의」 등 다수가 있으며, 번역서로는 『위당 정인보의 양명학 연론』가 있다.

이현지
•약 력•
계명대학교에서 사회학박사를 받고 중국 사회과학원에서 박사 후 연수를 하였다. 경북대학교에서 연구교수를 거쳐 현재 계명대학교 교양과정부에 재직하고 있다. 주요 관심분야는 음양론의 탈현대적 남녀관계관과 가족관, 한의철학 등이다.
E-mail: leehj@kmu.ac.kr

•주요논저•
『성, 가족, 문화: 다르게 읽기』가 있고, 대표논문으로는 「음양, 남녀 그리고 탈현대」, 「남녀 속의 유교」, 「장자 평등사상의 여성학적 함의」, 「유교적 가족관계관, 현대 가족위기의 대안인가」, 「음양론의 여성학적 함의」가 있다.

본 도서는 한국학술정보(주)와 저작자 간에 전송권 및 출판권 계약이 체결된 도서로서, 당사
와의 계약에 의해 이 도서를 구매한 도서관은 대학(동일 캠퍼스) 내에서 정당한 이용권자(재
적학생 및 교직원)에게 전송할 수 있는 권리를 보유하게 됩니다. 그러나 다른 지역으로의 전
송과 정당한 이용권자 이외의 이용은 금지되어 있습니다.

대학생을 위한 글쓰기

• 초판 인쇄	2008년 5월 10일
• 초판 발행	2008년 5월 10일
• 지 은 이	이상호 · 이현지
• 펴 낸 이	채종준
• 펴 낸 곳	한국학술정보㈜
	경기도 파주시 교하읍 문발리 513-5
	파주출판문화정보산업단지
	전화 031) 908-3181(대표) · 팩스 031) 908-3189
	홈페이지 http://www.kstudy.com
	e-mail(출판사업부) publish@kstudy.com
• 등 록	제일산-115호(2000. 6. 19)
• 가 격	24,000원

ISBN 978-89-534-9178-6 (Book)
ISBN 978-89-534-9179-3 98800 (e-Book)